K.NAKASHIMA
SELECTION VOL.5

大江戸ロケット
Oh!-EDO ROCKET

中島かずき
KAZUKI NAKASHIMA

論創社

大江戸ロケット

タイトルロゴ 河野真一
●
装幀 鳥井和昌

目次

大江戸ロケット

◉登場人物

玉屋清吉《たまやせいきち》
ソラ
錠前屋《じょうまえや》の銀次郎《ぎんじろう》
算学《さんがく》の駿平《しゅんぺい》
おぬい
鳥居耀蔵《とりいようぞう》
隅《すみ》のご隠居《いんきょ》

火縄《ひなわ》の鉄十《てつじゅう》
赤井西之介《あかいにしのすけ》
白濱屋《しらはまや》お伊勢《いせ》
仇花亭天鳳《あだばなていてんほう》
仕掛《しか》けの新佐《しんざ》
大工《だいく》の三太《さんた》
秤屋源蔵《はかりやげんぞう》
瓦屋《かわらや》の六兵衛《ろくべえ》
曲芸《きょくげい》の天天《てんてん》

黒衣衆《くろぎぬしゅう》・耳《みみ》
〃・腕《かいな》
〃・眼《まなこ》
〃・踵《かかと》
青い獣
白い獣
幕府役人
江戸の人々
ご隠居ガールズ

第一幕　熱い方程式

序之景

天保十三年（一八四二）、初夏。

江戸のはずれ、葛飾村付近。川縁。夜。

鎖頭巾《くさりずきん》に鎖帷子《くさりかたびら》、顔を隠した男達が、龕灯《がんとう》であたりを照らしている。

戦装束《いくさしょうぞく》に身を固めた町奉行所忍び目付黒衣衆《くろぎぬしゅう》の一党。

一党を率いているのは耳《みみ》と呼ばれる男。その他、腕《かいな》、眼《まなこ》、踵《かかと》などみんな身体の一部で呼ばれている。

腕　追い込んだぞ、逃がすな。
眼　しかし、見当たらぬ。
踵　焦るな、気配を追え。
耳　静かに。息づかいを追う。（耳をすます）……そこだ。

指さす方に龕灯の灯りを一斉に集中。
そこに異形の獣がいる。全体的に青い。

腕　いたぞ！

突然一党に襲いかかる青い獣。速い。
黒衣衆、その爪で裂かれていく。
と、その時、駆け込んでくるもう一匹の獣。こちらは白い。

耳　もう一匹いたのか!?

驚く黒衣衆。
が、白い獣、青い獣と戦う。

踵　なに。
耳　焦るな、両方とも捕らえよ。
腕　しかし、一度に二匹は……。

二匹の獣の戦いは互角。

その時、銃声。白い獣に銃弾があたりのけぞる。

火縄銃を持った侍が立っている。

耳　お奉行！

侍、南町奉行鳥《とり》居《い》耀《よう》蔵《ぞう》である。

青い獣が鳥居に襲いかかる。銃を捨てると、抜き打ちで獣を斬る鳥居。

手負いの青い獣に一斉に襲いかかる黒衣衆。それでも振り払って逃げようとする青い獣。

が、白い獣がとどめを刺す。

倒れる青い獣。

白い獣を囲んで刀を向ける黒衣衆。

たじろぐ白い獣。

鳥居　ひるむな。生き物にかわりはない。斬れば死ぬ。

白い獣、銃弾が当たったのか腕を押さえている。周りを取り囲む黒衣衆。

一斉に襲いかからんとしたその時、突然ひゅるるるると花火の上がる音。同時にドドーンと上空で花火が煌めく。

鳥居　なに。

不意をつかれて全員の気が空に向いた、その一瞬の隙をついて、白い獣、駆け去る。

鳥居　く。
腕　しまった！
鳥居　あわてるな。もう遅い。（刀をおさめる）
耳　しかし。
鳥居　貴様らの足ではきゃつには追いつけぬ。それよりも、この死骸を奉行所に持ち帰る。

倒れている青い獣の様子を見る鳥居。
と、突然、青い獣も跳ね起き、鳥居の喉笛めがけて食らいつく。が、間一髪左腕でかばう鳥居。右腕で脇差しを抜き獣の腹を刺す。腕に傷を負う鳥居。
よろよろと歩く青い獣。が、力つき倒れる。白煙が起こり、青い獣の姿は消える。

踵　消えた。
眼　違う、溶けたんだ。

腕　お奉行。

鳥居　構うな。大した傷ではない。

布を傷に巻き付けると、苦い顔の鳥居。

鳥居　油断したか、この鳥居が。……侮れぬな。空の獣どもめ。

立ち去る鳥居と黒衣衆。
入れ替わりによろよろと現れる若い女。
ソラである。傷ついているのか、腕を押さえている。
と、再び天に上がる花火。
どどーんと爆発、その光が彼女の顔を照らし出す。その輝きに空を仰ぐソラ。

ソラ　……花火。……そうか、花火か。

何事か思いついたのか、輝く瞳で花火を見上げるソラ。
音楽。歌い始めるソラ。
いつの間にかその歌は、江戸の町に住む人々の歌に広がっていく。

☆

天保十三年（一八四二）。

文化文政の時代に花開いた江戸町人文化は、前年より始まった老中水野忠邦による粛正政治、いわゆる天保の改革により押さえ込まれていた。

それでも、粋と遊びをモットーとする江戸っ子達の心意気は死んではいなかった。

この物語は、天保の改革という厳しい統制下の中、その技術の粋をこらして月ロケット製作という無謀なるプロジェクトXに挑んだ江戸職人達の、血と汗と涙の記録である。

いや、そんなに真面目に信じられても困りますが。

とにもかくにも二十一世紀いのうえ歌舞伎『大江戸ロケット』、ここよりの開幕である。

——暗転——

第一景

翌朝。白々と夜が明け始めた頃。

神田百軒堀、風来長屋と呼ばれる薄汚い長屋。

その前を、眼鏡をかけた侍がほうきで掃いている。赤井西之介《あかいにしのすけ》。南町奉行所の同心である。

ひとしきり掃き終わると、納得したのか――。

赤井　さて表のゴミはすんだ、と。あとは……。

ほうき片手に長屋の奥に入っていく赤井。

入れ替わりに足早に帰ってくる玉屋清吉《たまやせいきち》。長い筒のような包みを背負っている。二三度あたりを伺う。誰もいないと思ったのか、安堵のため息をもらす。

と、そこに声が上がる。あわてて物陰に身を隠す清吉。

からくり仕掛けの新佐《しんざ》を捕まえて出てくる赤井。それを止めるように長屋の住人達も出てくる。手妻使《てづまつか》いの仇花亭天鳳《あだばなていてんほう》、相棒で弟の天天《てんてん》、大工の三太《さんた》だ。

新佐　痛い痛い。ちょっと旦那、何するんですか。

赤井　何じゃない。この間捕まった御法度のからくり屋敷、あの仕掛けを作ったのはお前だろう。

天鳳　いい加減にして下さいよ、赤井の旦那。何の証拠があって。

三太　そうですよ。この長屋の連中は、ご老中水野様の贅沢禁止のお定め以来、おとなしくしてるんですから。

赤井　じゃあ、あのからくり屋敷の生き人形の首に〝ひゃっけんぼり、ふうらいながやのしんざ〟と彫り込みがあったのは、何のまじないだ。

三太　新佐、てめえ。

新佐　いや、あんまりいい出来だったんで、つい。

三太　ばか、もう極めつけのばか。

新佐　なんだとお。

天天　新佐だって出来心ですよ、勘弁して下さい。

赤井　俺の役目は、この江戸のゴミ掃除でな。見逃すわけにはいかない。

その言葉に思わず姿を見せる清吉。

清吉　ゴミだと。
赤井　おや、清吉か。
清吉　俺達はゴミですか。
天鳳　よしなよ、清吉さん。
赤井　ああ、ゴミだ。でなければクズか。
清吉　なにぃ。
赤井　だってほんとにゴミだらけだったんだぞ。我慢できなくて、この俺が、朝から掃除したんだ。
新佐　それは意味が違うんじゃ……。
赤井　だいたい俺は不思議なのだが、なぜお前達は金もないのに、ゴミだけは出す。一句出来た。金がない、物が買えない、ゴミがない。季語は貧乏。な、これが世間の道理だろう。なのになぜ、ここにはこんなにガラクタがある。ゴミだめで暮らしているから、人間もゴミになるんだ。
三太　金がありゃ、こんなところで暮らしゃしねえよ。
赤井　なに。
三太　なんでもありません。
清吉　好きで貧乏なわけじゃねえ。大工に芸人にからくり師、みんなお上のご命令でおとなしくしてるんだ。それをそんな言い方……。

赤井　それに花火師か。

清吉　へえ。まあ。

赤井　花火師と言えば、昨晩、どこかのゴミが花火上げたとか耳にしたなあ。

清吉　ほお。

赤井　ああ、確か葛飾村のはずれの方とか。そういえば清吉、堅物のお前が朝帰りとは珍しいな。どこに行ってた。

清吉　それは……。

赤井　花火はよくねえぜ、花火は。花火なんざ人心を惑わすうえに火事の元。百害あって一利なし。からくり人形なんか可愛いもんだ。このご時世に江戸の町で花火なんか打ち上げようものなら、江戸払いか、へたすりゃ島流し。

天鳳　そんなに厳しいんですか。

赤井　今の南町奉行の鳥居様はとても厳しいお方だ。脅しじゃねえぜ。で、清吉、お前の話だ。独り身のお前がどこで遊ぼうと知ったことじゃないが、俺にはお前が背中に背負ってる包みが、どうにも花火の打ち上げ筒に見えてしょうがねえんだが……。

天鳳　……清吉さん。

赤井　威勢良く現れたが、とんだやぶ蛇だったかな。玉屋清吉。さて、どこへ行っていたえ。

清吉　それは……。

　と、現れる錠前屋《じょうまえや》の銀次郎《ぎんじろう》。

銀次郎　そいつは、あっしが説明しやしょう。
清吉　銀さん。
赤井　錠前屋か。
銀次郎　八丁堀の旦那も、朝からご苦労様です。
赤井　俺は赤井西之介、八丁堀なんて名前じゃない。
銀次郎　こりゃどうも。
赤井　堅物の清吉と遊び人の銀次郎が、つるんで朝帰りか。ずいぶん珍しい組み合わせだな。
銀次郎　へへ。朝からそんな目つきでにらまねえでおくんなせえ。これでも仕事帰りで。清吉はあっしが頼んでつきあってもらってたんでさあ。
赤井　仕事だと。
銀次郎　さる大店《おおだな》で、土蔵におかみが閉じこめられちまいまして。鍵がみつからねえっていうから、その錠を開けるのに、今までかかっちまいやした。
赤井　どこの大店だ。
銀次郎　そいつは勘弁してくだせえ。店の恥とかで、くれぐれも内密にと。錠前屋がてめえの口に錠もかけられねえとなりゃあ、信用に関わりやす。

赤井　調べりゃあすぐにわかることだぜ。

銀次郎　あっしの口から出るってことが問題なんでさ。（耳元で囁く）白濱屋《しらはまや》で。

赤井　ほう。

銀次郎　くれぐれもあっしが喋ったなんてことは……。

赤井　ふん。一応つじつまはあわせてるようだが、だったら、この……。（と、いきなり清吉の懐に手を突っ込み、火薬袋を引きずり出す）こいつは火薬だな。なんでこんなもの持ってる。

銀次郎　ああ、あっしの手にあまったら壁をドカンとやってもらおうかと。そのためにつきあってもらったんですよ。あーあ、一働きしたら眠い眠い。

赤井　じゃあ、その包みは。包みの中身は。

清吉　それは……。

銀次郎　もー、次から次に質問ばっかり。五歳のガキみたいですぜ。

赤井　なに。

と、突然天鳳が話に加わる。

天鳳　銀さん、そりゃ言い過ぎだ。八丁堀の旦那に失礼ですよ。

天天　そうそう。

と、銀次郎と清吉の横に立つ。

銀次郎　これは失礼。頑是無《がんぜな》いお子供様のようで。（清吉に）いいから開けな。

清吉　でも……。

銀次郎　いいから。

清吉、しぶしぶ包みを広げる。
竹製の筒が出てくる。意外な顔の清吉。

赤井　やっぱりな……。

清吉、その竹筒を広げる。
竹で編んだ簾《すだれ》を丸めていたのだ。内側にはじゃらじゃらと錠前が下がっている。

赤井　な、なんだ、こりゃ。

銀次郎　商売道具の錠前一式でさあ、清吉つぁんに預かってもらってただけで。

赤井　く……。

銀次郎　しまってよろしいですか。商売物が朝露で錆びちまうんで。

赤井　勝手にしろ。……まあいい、嘘ならじきに化けの皮ははがれるからな。

銀次郎　へーい。

新佐　あ、あっしは。

赤井　貴様は来い。

新佐　え〜。

清吉　新佐、がんばれ。ご隠居に相談するから。

新佐　たのんますよ〜。

新佐をひっぱり立ち去る赤井。

銀次郎　（赤井が消えたのを確認して）あぶねえ、あぶねえ。

三太　さすがだなあ、銀さん。よくもまあそう口からでまかせが。すごいすごい。

銀次郎　おめえに言われるとほめられてても、なんかむかつく。（天鳳に）さすがは手妻使いの天鳳に天天、いい腕だ。

天鳳　痩せても枯れても仇花亭天鳳、あんなぼんくら同心煙に巻くくらい、わけはないさ。

清吉　打ち上げ筒は？

天天　ほらよ。

そばにあったゴミ箱から打ち上げ筒を引っぱり出す天天。

清吉　見事なもんだなあ、あの一瞬ですり替えるとは。
天鳳　ははん。金取って見せる客に比べれば、ちょろいもんさ。
天天　天鳳。（と天鳳に親指を立てる）
天鳳　天天。（と、天天に親指を立て返す）
三太　変な兄妹《きょうだい》。
天鳳　うるさいよ。
清吉　助かったよ。すまねえ。
銀次郎　しかし、お前も強情だねえ。花火の試しなら、富士のすそ野か何か、もっと人気《ひとけ》のねえ山奥でやりゃあいいものを。
清吉　駄目なんだよ、それじゃあ。江戸から離れちゃ駄目なんだ。土地が変われば風が変わる、空気が変わる。それじゃあ花火の色が変わっちまう。江戸の花火は江戸で上げなきゃ、試しにはならねえんだよ。
三太　それで島流しくらってもかい。
清吉　こんな窮屈な御改革がいつまでも続くとは思えねえ。いざ解禁になったその時に、ほ

銀次郎　かの連中には負けられねえよ。見た連中の眼《まなこ》に刻み込む、そんな花を夜空に咲かせてえんだよ。

銀次郎　わかったわかった。おめえの花火談義聞いてると、せっかく明けた夜がまた暮れちまう。

三太　新佐はどうする。

銀次郎　ご隠居に相談して、あとで鼻薬持っていきゃあ、なんとかなるだろう。

天鳳　悔しいねえ、あんな目つきの悪い八丁堀に。

銀次郎　それもご時世だ。

と、そこに瓦を持って現れる六兵衛《ろくべえ》。ひげ面。すこぶる機嫌が悪い。

六兵衛　うるせえ！　もう、朝っぱらからガチャガチャガチャガチャガチャ。寝られやしねえじゃねえか！

三太　起きてきたよ、瓦屋が。

六兵衛　うるせえんだよ。てめえら、他人の迷惑ってものも考えろ。

天天　新佐がしょっぴかれたってえのに呑気なもんだぜ。

六兵衛　うるせえ。人は人、てめえはてめえだ。愚図愚図ぬかすと、その日なたのモヤシみてえに無駄にのびたてめえの腹に、この瓦たたき込むぞ。

銀次郎　やめとけよ、六兵衛。まがりなりにも商売道具だろ。
六兵衛　うるせえうるせえ。どうせ起きてたって仕事なんかありゃしねえんだ。てめえらも寝ろ。起きてりゃ腹が減るだけだ。
三太　まだ寝る気だよ。
天鳳　でもまあ、朝寝坊の六さんが起きてきたってことは、もういい時間ってことだね。
六兵衛　人を時計代わりにするんじゃねえよ。
銀次郎　天鳳の言うとおりだ。ひとまず解散解散。

それぞれ自分の家に戻る長屋の住人。

銀次郎　（清吉に）焦るなよ、清吉。
清吉　焦っちゃいねえよ。
銀次郎　なら、いいけどな。

銀次郎も家に戻る。
清吉、長屋の自分の家に入る。

清吉　やれやれ……。

と、部屋の隅に女がいる。
ソラである。
自分の家に女がいようとは思わないから、最初は気づかない清吉。
と、部屋の隅で線香花火を始めるソラ。
やっと気づく清吉。

清吉　……あ。
ソラ　しっ。

線香花火に集中するソラ。

清吉　お前！
ソラ　ああっ。なんてことするんだ。大きな声出すから火玉が落ちちゃったじゃないか。
清吉　ああ、畳。（と、あわてて落ちた火玉を消す）馬鹿野郎、家の中で花火する奴がどこにいる。
ソラ　ここにいる。
清吉　なに。馬鹿にしてんのか、てめえは。

ソラ　清吉がきくから、答えたんじゃないか。「どこにいる?」「ここにいる」馬鹿になんかしてない。

清吉　その会話が馬鹿に……って、おい、誰だ、お前。なんで俺の名前を知っている。

ソラ　玉屋清吉さんだね。花火師の。

清吉　ああ、そうだ。そうだが、なんで……。

ソラ　昨日の夜も打ち上げてたね、でっかい花火。

清吉　え……。いや、知らねえ。

ソラ　きれいだったなあ。あんなきれいな花火見たの、生まれて初めてだ。

清吉　え、そ、そうか。いや、違う。何の話だ。（ごまかそうとしている）

ソラ　面白いこと思いつくね。あれ、線香花火なんだ。

清吉　……なに。

ソラ　そうだろ。昨日の打ち上げ。あれはおっきな線香花火をやろうとしたんだろう。

清吉　……何が言いたいんだ。

ソラ　ほら、線香花火って、こう火玉があって、そこから四方八方にバチッバチッて火花が飛ぶだろう。それと同じだ。大きな玉の中に小さな火薬玉をいくつも入れ込む。最初のでかいのが爆発して中の火薬玉を八方に飛ばす。散った火薬玉が爆発して、おっきな光の花が夜空に開く。

清吉　……なんでわかった。

ソラ　見ればわかる。
清吉　そんなはずはねえ。誰も上げたことがねえような、誰も見たことがねえようなでかい花火を作りてえ。そう思って工夫に工夫を重ねた、最初の一発だ。それを見ただけで見抜けるなんて、俺には信じられねえ。
ソラ　やっぱり、清吉だったんだ。
清吉　え、あ。いや、それは……。
ソラ　そうか、やっぱり私の目に狂いはなかった。清吉さん、あんたに頼みがあってここまで来た。
清吉　頼み？
ソラ　仕事の頼みだ。あんたの花火、どこまで上げられる？
清吉　高さなら、誰にも負けねえ。
ソラ　ほんとかい。
清吉　ああ。
ソラ　月まででも？
清吉　え？
ソラ　あんたに月まで届く打ち上げ花火をこさえてもらいたい。
清吉　月って、あの月か。（と天を指さす）
ソラ　あの、月だ。

清吉　（笑い出す）こいつはいいや。月までねえ。俺も飛ばせるもんなら飛ばしてみてえや。

ソラ　そうかい。そんなら……。

清吉　（さえぎり）お話はありがたく聞いとく。が、だ。世の中には出来ることと出来ねえことがある。そこまでこの玉屋の腕見込んでくれたのに申し訳ねえが、俺も徹夜明けでね。夢物語はゆっくり布団の中で見てえんだ。さ、とっとと帰ってくれ。

ソラ　そんな……。

清吉　どこの誰だか知らねえが、これ以上俺のことからかおうってことなら、口ん中にネズミ花火放り込んで、腹ん中ススだらけにしてやるぞ。

ソラ　待て。からかいなんかじゃない。本気なんだ。

清吉　だったらなお質《たち》が悪いや。隅田川で顔でも洗って眼をさましやがれ。俺は眠いんだ。

ソラ　わかった、それなら。

　　ソラが手招きすると、布団がするすると出てくる。

清吉　なんだよ、そりゃ。

ソラ　寝よう、清吉。

清吉　寝ようって。

ソラ　今は睡眠不足で興奮状態になってるんだ。仮眠をとって脳内麻薬の分泌がおさまったら、もう少し冷静な対応が可能なはずだ。私の提案も検証してくれるだろう。

清吉　漢字ばっかり使うんじゃねえ。何言ってるか全然わかんねえや。

ソラ　私も疲れた。こい、清吉。

清吉　おい、ちょっと待て。

ソラ　遠慮するな。いい夢を見せてやる。

清吉　な、なにを言ってるんだ。俺はそんな、だ、第一、名前も知らねえ相手と、いきなり……。

ソラ　ああ、そうだったな。ソラ、だ。ソラと呼んでくれ。

清吉　おソラさんか……。

ソラ　（布団に近づき）さあ、来い。

清吉　いや、名前がわかればいいってもんでも……。

ソラ　いいなあ、布団は。（と弾力を確かめる）柔らかくて、ふかふか……（と、触感が妙）いや、ふかふかというよりは、……ムチムチ？

布団をはぐソラ。
そこに寝そべっている銀次郎。

銀次郎　やあ。

ソラ　な、なに⁉
清吉　銀さん！
銀次郎　おソラさんか、いい名前だ。清吉、お前が愚図愚図してるんなら、俺が堪能させてもらうぞ。いい布団日和ですねえ、おソラさん。
ソラ　はあ？
清吉　銀さん。あんた、いつの間に。
銀次郎　いつの間には、てめえだよ。この石部《いしべ》金吉《きんきち》金兜《かなかぶと》のうちから女の声がするとは天地開《てんちかい》闢《びゃく》以来の大珍事。すわ天変地異の前触れかと、とるものもとりあえず潜入作戦を決行したというわけだ。
清吉　言うことがいちいち大げさだ。
ソラ　だ、だれ？
銀次郎　錠前屋の銀次郎。この清吉の心の師とでも言えばいいかな。
清吉　誰がだよ。
ソラ　錠前屋？
銀次郎　そう。この指にかかりゃあ、どんな鍵でも開けてみせる。たとえどんなにかたく閉じられたあんたの心の鍵だろうとね。（と、さわさわとおソラをさわり）鍵穴は、ここかなあ。（と、胸を触ろうとするところにおソラのパンチ）はぐっ！
清吉　調子に乗るからだよ、銀さん。

銀次郎　いきなり床入りしようなんて、近頃の娘さんにしちゃあ出来た心構えだとすこぶる感心してたのに。見損なったよ、おソラさん。ガッカリだ。

ソラ　聞いてたのか、私たちの話。

銀次郎　女がはく言葉は、この銀次郎、たとえ眼をつぶっても一言一句聞き逃しはしねえ。

ソラ　当たり前だよ。

清吉　耳をふさげ、耳を。

銀次郎　てめえみてえな根性なしに、突っ込まれる覚えはねえ。

清吉　なに。

銀次郎　月まで花火を飛ばす。いいじゃねえか。なんで「わかった」の一言が言えねえ。

清吉　そんな……。

銀次郎　そんなじゃねえ。お前はなんだ。この江戸一番の花火師だろうが。

清吉　え……。

銀次郎　な、この江戸で一番頑固で常識はずれで無鉄砲で世間知らずの大馬鹿花火野郎、それがお前、玉屋清吉。

清吉　一瞬でも、なんか良いこと言ってくれそうだと思った自分が、猛烈に悔しいよ。

銀次郎　悔しがれ悔しがれ、その悔しさが男のバネだ。ぴよーんぴよーんと伸びて行け。

ソラ　なに、この人。

清吉　おもしろがってんだよ。それだけだ。

銀次郎　そうだよ、その通りだよ。水野様のご時世になってから、世の中質素倹約自粛御法度の大行進、面白えことなんざどこにも転がってねえ。そこにこんなべっぴんが現れて「月まで飛ばす花火を作れ」って無茶苦茶言いやがる。これを面白いと言わずして、何が面白いってんだい。

清吉　それは……。

銀次郎　俺なんざ、布団かぶって聞き耳立ててるだけで、面白くって身体が火照って火照って、もう大変。（ソラに）お嬢さん、俺の打ち上げ花火で、極楽にいかしてあげやしょう。

（と、抱きつこうとしてソラにパンチを喰らう）はぐぁ！

ソラ　清吉さん、あんたさっき言ってたじゃないか。誰も見たことのない、誰も上げたことのないような、どでかい花火を作りてえ。江戸を日本を世界を俺の花火で埋め尽くしてやる。世界の花火をこの手に摑み、花火世界を征服してやる、わはははははって。

清吉　いや、そこまでは。

ソラ　確かに無茶な話だ。それは私もよくわかってる。でも、あんたなら出来る。あんたの花火を見て、そう確信した。

清吉　……。

ソラ　これを見てくれ。

ソラが指さすとそこから炎が現れる。

銀次郎　うわわ。

清吉も最初は驚くが、すぐにその色に魅せられる。炎消える。

ソラ　いい色だろ。
清吉　……どうやって出した。あんな色。
ソラ　（懐からガラスの小瓶を三つ出す。中には粉が入っている）魔法の粉だ。あんたが使ってる火薬でも、これを混ぜれば今の色は出せる。
清吉　なに。
ソラ　（小瓶を渡しながら）これが赤、これが青、これが黄色。
清吉　色薬《いろぐすり》か。（瓶をあけて中の粉を調べる）硝石と、……硫黄か。この白いのは何だ。こいつの割合で色が変わるんだな。
ソラ　さすがだね。それは炭酸ストロンチウム。
清吉　……すとろんちうむ。
銀次郎　ああ、知ってる知ってる。俺、深川で食ったことがある。
ソラ　無理に話に加わらなくていいから。
銀次郎　…………。（すねる）

清吉　……阿蘭陀《オランダ》の薬か。
ソラ　そんなもんだね。どう。あんたの腕と私の知恵。二つが揃えば無理も通ると思わないか。
清吉　……確かに、な。おもしれえ。
ソラ　え……。
清吉　……負けたよ、おソラさん。そこまで言われて尻尾を巻いたとあっちゃあ、江戸っ子の風上にもおけねえや。やらせてもらうよ。
ソラ　よかった。ありがとう。
清吉　俺はずっとこんな色を探してたんだ。こんな物見せられて怖じけづいてちゃ、玉屋の看板が泣こうってもんさ。
銀次郎　八丁堀は。赤井の野郎がうろうろしてるぜ。
清吉　あんな唐変木、なんとでもなる。なにが花火は百害あって一利なしだ。ふざけやがって。
銀次郎　ようし、やっと清吉らしくなってきたじゃねえか。で、俺は。俺は何をすればいい。
ソラ　あんたは遠くから見守っててくれ。
銀次郎　え。
ソラ　できるだけ遠くからじっくり見守ってて。
銀次郎　へーい。（と、開き直って客席に降りて行く）

清吉　おいおい。

清吉とソラ、呆れ顔で銀次郎を追い長屋の外に出る。

銀次郎　すいませーん。この辺でいいですかー。
ソラ　ああ、いい感じー。
銀次郎　俺は落ち着きませーん。
清吉　銀さん、悪かったよ。戻って来いよ。
銀次郎　俺は戻りたいんだけどさ。
清吉　なに。
銀次郎　なんか妙な奴見つけちゃってさ。

その言葉に呼応するように客席の反対側で人影が動く。客席の隅に潜んでいたのだ。
人影、町人の格好をしているが黒衣衆・腕である。

腕　くそ。

一気に舞台に向かって駆け上がっていく腕。追いかけて駆け上がる銀次郎。ソラをかばう清吉。
腕と対峙する銀次郎。
腕、すいと近づき、銀次郎の腹に手のひらを当てる。

銀次郎　ぬ。
腕　……成程な。（と、ニヤリと笑う）

腕、踵を返して脱兎の如く駆け去る。

銀次郎　な、なんだ、今のは。
ソラ　……あんたの腹がムチムチだって言いたかったんじゃ……。
銀次郎　違う、絶対違う。
清吉　銀さん、妙なおっかけまでいるのか。
銀次郎　よしてくれ。そんな覚えはねえ。……おソラさん、あんたまさか、誰かに追われてるとか。
ソラ　あるわけないじゃない、そんなこと。
銀次郎　なら、いいが。
清吉　とりあえず、少し思案をしてみる。どこに住んでるんだ。住まいを教えといてくれ。

ソラ　ここに住んじゃ駄目かい。
清吉・銀次郎　え？
ソラ　どうせなら一緒に暮らした方が話が早いじゃないか。
清吉　え、お、俺と？
ソラ　他に誰がいる。
銀次郎　あー、いかん、それは駄目だ。おソラさん。この男だけはだめだ。こいつ、女と暮らすと酔います。熱が出ます。暴れます。んー、しょうがない、俺んちに来い。
清吉　おい。
銀次郎　たいむたいむ、作戦たーいむ。

と、銀次郎が上げた手をグイと引くと、銀次郎と清吉にのみスポットが当たる。

銀次郎　清吉。あの女はやばいぞ。なんか裏がある。
清吉　そうかなあ。
銀次郎　それに、お前、弟はどうすんだよ。弟の駿平《しゅんぺい》。
清吉　どうするって、別にどうもしねえよ。
銀次郎　ばか。お前ら二人暮らしだろ。もうすぐ帰って来るぞ。駿平も年頃だ。帰ってきて兄貴が若い女連れ込んでたらどう思う。

清吉　そういう言い方はねえだろ。
銀次郎　とにかくだ。そういう諸々を含めて俺が、清吉君のかわりに危険を背負ってやるっつってんだよ。はい、決まり。

照明、明るくなる。

ソラ　なに、コソコソ言ってるの。
銀次郎　いえいえ。幸い俺んちは、こいつの向かい。さあ、おいでなもし。狭いながらも楽しい我が家。うははははは。

と、無理矢理ソラを連れていこうとする。

ソラ　な、なにをする。

と、その時、サイレンの音。

清吉　あ、これは。
銀次郎　しまった。見つかったか。

ソラ　？

ホイッスルを鳴らしておぬい登場。

おぬい　ほら、そこ。そこの男子。
銀次郎　俺？
おぬい　また、あなたですか。銀次郎さん。駄目ですよ、勝手に婦女子を連れ込んじゃあ。
銀次郎　いや、これには深いわけがね。清吉、こいつが悪いの。なあ。
清吉　呆れるよ、あんたの人間性。
おぬい　（ソラに）大丈夫ですか、怪我はなかったですか。（と、クンクンと匂いをかぐ）
ソラ　誰？
おぬい　私はこの風来長屋を守る番犬小町。おぬいと言います、以後よろしく。
銀次郎　小町だって。自分で自分のこと。（と、笑う）
おぬい　ううううう、わん！
銀次郎　吠えたよ。さすがは番犬小町。
おぬい　銀次郎さん。あなたはそうやっていつもいつも婦女子をたぶらかしては、やぶさめ者に。いい加減にしてください。
銀次郎　やぶさめ者じゃない、慰み者。いくら俺だって、女口説くのに走る馬から弓撃って的に当てるような真似はしたくない。慰み者。

おぬい　……そうとも言います。

銀次郎　そうとしか言わない。

おぬい　うううう。

銀次郎　また、唸るし。

清吉　まあまあ。おぬいさん、ご隠居に伝えてくれ。このひと、今日からこの長屋に住めねえかどうか。

ソラ　清吉……。

清吉　部屋をもらうんだよ。あんたがかまわねえんなら、それが一番いい。

ソラ　部屋をもらうって。

清吉　この風来長屋はちょっと変わってな、ここの大家が気に入りさえすれば、誰だろうと暮らせるんだ。人別帳からはずれてようが、身元が分からなかろうが。

ソラ　そんなことが出来るの。

おぬい　ご隠居がその気になれば。

ソラ　ご隠居？

銀次郎　もう百歳は生きたかっていう、年齢不詳のじいさんでね。この長屋の奥に暮らしてる。

清吉　誰が呼んだか〝隅のご隠居〟。

おぬい、『隅のご隠居を讃える歌』を歌い出す。その歌とともに、ご隠居ガールズ現れて踊り出す。
クライマックスで派手な装飾のついた車椅子に乗った隅のご隠居登場。エレキテルによるネオン付きの車椅子だ。

ご隠居　呼んだ?
清吉　な、なんですか。その飾りは。
ご隠居　きれいでしょ。やっぱり、人生ピカピカ光らないと。
清吉　ああ、確かに。
銀次郎　そうか?
清吉　ドカンとかボカンとか、そういうのもいいっすよね。
ご隠居　そうそう。
銀次郎　通じ合ってる。
おぬい　ご隠居。この人が風来長屋に住みたいと。
ソラ　ソラです。お願いします。
ご隠居　…………。(ソラを見つめる)
清吉　ご隠居。
ご隠居　これ。(と、コードの先にスイッチがついたものをソラに差し出す)

よくわからないまま受け取るソラ。
もう一方のスイッチをご隠居が持つ。
と、ドゥルルルルルというドラムの音。

おぬい　すいっち、おん。

車椅子に取り付けられたハート型の電飾が半分つく。

清吉　おソラさん、それ。（スイッチを押せという身振り）

ソラ　え？　ああ。（気づいてスイッチを押す）

残り半分の電飾がつき、ハート型が完成。
ファンファーレ。
喜ぶおぬいとご隠居ガールズ。

おぬい　おめでとうございまーす。

ガールズ　ございまーす。

ソラに「ろの三」と書かれている札とリボンのついた木の棒を渡すガールズ。

ソラ　え？　え？　え？

状況がよくわからないソラを後目に、ガールズ、去る。

清吉　気に入ったんだよ。ご隠居が。
銀次郎　そいつが、お前さんちの引き戸のしんばり棒だ。
おぬい　「ろの三」だったら清吉さんちの隣ね。
ご隠居　銀次郎みたいな男がいるから、寝るときはちゃんとつっかえ棒にしなさいよ。但し、僕が行くとはずれるようになってるから。

ご隠居がひょいと引くとしんばり棒がご隠居の方に飛んで戻る。

ソラ　あー。
おぬい　ご隠居。

と、おぬい、棒についていた細い糸を切ってソラに棒を返す。

ご隠居　冗談だよ、冗談。
銀次郎　気ぃつけろよ。このじいさんの冗談は全部本気だから。
ご隠居　手管は全部、そこの銀次郎くんに教わりました。
銀次郎　滅相もない。

そこに足早に帰ってくる駿平。清吉の弟だ。手に何枚かの紙を持っている。

おぬい　あ、駿平さん。
駿平　ああ、ちょうどよかった。ご隠居。
ご隠居　なんか、今日は朝から騒がしいなあ。
駿平　ほら、これ。これ見て下さい。

ご隠居に紙を見せる駿平。

ご隠居　なに、これ。
駿平　この間話してた天狗星《てんぐぼし》ですよ。奉行所の方から天文所に連絡が来て。やっぱり落ちたのは葛飾あたりでしたよ。計算通りだ。

ご隠居　そうか。あたったのか。いやあ、よかったなあ。

と、覗き込んでいるソラ。

ソラ　天狗星？
駿平　そう。ひと月前の明け方に流れたでっかい流れ星だよ。あわせて二つ。あんなにでかいのは、今から六十五年前に観測されて以来だって。
ソラ　六十五年前に。
駿平　そう、だから天文所でも大騒ぎで。ほら、辰巳の方角からひとぉつ、ふたぁつ、こう流れて消えた。見えた時間と角度から落下地点を計算したんだが、こんなにうまくいくとは……。
ソラ　計算、君が？
駿平　ご隠居にも助けてもらったけど。
おぬい　駿平さんは、計算にかけちゃあ江戸でも一二の才能なんです。
駿平　いや、それほどでも。
ソラ　でも、時間って、そんなに正確にわかるの？
駿平　天文所で観測してるときに計ったから。（懐からからくり時計を出す）どうだい。時計ってんだ。こいつはね、この地面がグルリと一回転する時間を二十四等分して、それを一時間てえ単位にしてってて、あんた誰？
銀次郎　馬鹿野郎が。やっと気づいたのか。
清吉　まったく。兄貴は花火、弟は数勘定。二人とも浮世離れしてやがる。おソラさんだ。
駿平　ここの新しい住人だよ。こいつは駿平。清吉の弟だ。
清吉　駿平。新しい仕事だ。また手伝ってもらうぞ。
駿平　今度は何の計算だよ。
清吉　難しいぞ。月まで飛ばす火薬の量だ。
駿平　月。月って、あの月か？（と、天を指す）
清吉　あの、月だ。
駿平　月に花火を上げるのか。
清吉　上げるのさ。
駿平　でも、なんで？
清吉　え。
駿平　なんで、そんなこと思いついた。
清吉　なんでって、なあ。
銀次郎　ああ、そりゃそこのおソラさんが……。
ソラ　面白いだろ。
駿平　面白いよ。確かに面白い。でも、面白いにも程があるぜ。なんで、そんなこと思いついた。

ご隠居　月に花火か。そりゃいいなあ。

駿平　ご隠居。

ご隠居　思いついちゃったものはしょうがない。それを面白いと思うんなら、もっと、しょうがないじゃないか。

駿平　でも。

ご隠居　……昔、ジャワの国にナジェナジェという子供がおったそうな。日本語にすれば「なぜなぜ」という意味の名前だ。

銀次郎　まんまじゃないか。

ご隠居　そのなぜなぜ小僧は何でも「なぜなぜ」って聞いていた。周りの者はだんだん、それがめんどくさくなった。そしてナジェナジェは大人になり嫁をもらい年老いて死んだ。おしまい。

一同、不条理な沈黙。

駿平　それで何が言いたいんですか。

ご隠居　それは君が考えたまえ。

駿平　はあ？

ご隠居　何でも人に教えてもらおうっていう、その根性が気に入らない。
駿平　わけわかんない。
おぬい　それが年寄りってもんですよ。
駿平　ああー、もー、どいつもこいつも。だから人間は嫌いなんだ。
ソラ　嫌い？
駿平　そう。その点、算学はいい。九足す七は十六。十六の自乗は二百五十六。なんだってパシッと答が出る。
ソラ　円周率は？
駿平　割り切れない。な、算学はわかるかわからないか、答が出るか出ないか、それだけははっきりしてる。
ソラ　なるほど。
駿平　だから俺は俺の心が割り切れねえと、どうにも落ち着かないんだよ。月まで上げる花火、結構だ。でもその理由がパシッと知りたい。でなきゃあ、俺は割り切れない。
清吉　もういい。お前には頼まねえ。
銀次郎　清吉。
清吉　まったく実の弟ながら融通のきかねえ奴だ。てめえの頑固さにはあきれかえるよ。もういい。とっとと帰れ。
駿平　…………。

ソラ　……かぐや姫って知ってるか。
駿平　当たり前だろう。それがどうした。
ソラ　私も同じだ。月から落ちてきた。

一同、驚く。

ソラ　清吉、お前の花火に乗せて私を月に帰してくれ。私は江戸のかぐや姫だ。

全員、沈黙。
その気まずさを振り払うように一斉に喋り出す。

銀次郎　ま、どうやって赤井のぼんくらの目をくらますかだな、問題は。
清吉　それは銀さんにまかせるよ。
銀次郎　あとは金だな。相当いるぜ。
ご隠居　おぬいさん、僕、朝ご飯食べましたっけ？
おぬい　まだですよ。駿平さんもまだでしょ、一緒にいかが？
駿平　メシ。くいたいくいたい。夜っぴて天文所につめてたから腹ぺこだあ。

など一斉にワイワイやっている一同。

ソラ　あー、なんで聞かなかったことにするんだよ。

清吉　心配するな。理由はともかく花火は上げるよ。約束だ。

ご隠居　な、駿平。人間つきつめちゃいけないことってあるだろう。

銀次郎　確かに。

駿平　そうかもなあ。

ソラ　なんでだよ。かぐや姫なのにぃ。

おぬい　よしよし。おソラさん。あなたの家はこっちですよー。

おぬい、おソラを連れて行く。
男達も、それぞれに家に引っ込んでいく。
ご隠居、ちょっとソラの後ろ姿を見つめているが、闇に溶ける。

――暗転――

第二景

白濱屋《しらはまや》お伊勢《いせ》、算盤《そろばん》を持って現れる。

お伊勢　世間の人は言いました。世の中は算盤ずくじゃあ渡れない。甘いねえ甘い甘い。しょせんこの世は銭勘定。持ってる奴が強い奴。お金はみんなあたしの物よ。

続いて現れる白濱屋の使用人達。同じく算盤を持つ。
お伊勢、江戸でも五本の指に入ろうかという両替商、白濱屋のおかみである。
チャッチャヤカ算盤を鳴らしながら、『お金はみんなあたしの物よ』と歌い踊るお伊勢とその使用人達。
ひとしきり歌ったところで銀次郎登場。

銀次郎　いやー、さすがは白濱屋のおかみだ。歌も踊りもたいしたもんだねえ。

入れ替わりに引っ込む使用人達。

お伊勢　げ、銀次郎。

銀次郎　げ、は余計だろう。久しぶりだね、ご新造さん、お伊勢さん、やさ、おいせ〜。

と、いい調子の銀次郎に張り扇をくらわすお伊勢。

銀次郎　な、なにすんだよ。

お伊勢　誰が、土蔵に閉じこめられたまぬけなおかみだって。

銀次郎　あ。

お伊勢　障子の桟を指でなぞって「お伊勢さん。ここが汚れてるわよ」って鬼の首とったように指摘する姑みたいないや〜な目つきの同心がやってきて、ねちねちねちねち根掘り葉掘り根掘り葉掘り。おかげであたしゃ、〝使用人に内緒で土蔵に隠れて祭りの余興を練習していたら、閉じこめられてしまったまぬけなおかみ〟ってジェスチャーゲームの答みたいなことになっちまったじゃないか。

銀次郎　なんで、そんな。

お伊勢　話の流れだよ。あの目つきの悪い八丁堀がぐちぐち聞くから、つじつま合わせてるうちにそうなっちまったんだよ。店の連中こそいい面の皮さ。明神様の祭りに、全員で算盤踊りだよ。

銀次郎　あれ、じゃあ、今のは。

お伊勢　そう。稽古だよ稽古。八丁堀にああ言った手前出るしかねえだろう。まったく、てめえと関わるとろくな事はない。

銀次郎　いやあ、でも嬉しいなあ。お伊勢さんがまだ、そんな風に俺のこと思ってくれてたなんて。

お伊勢　（その銀次郎を張り扇でひっぱたき）調子に乗るんじゃないよ、このすっとこどっこい。お前が妙なことに巻き込まれると、こっちが困るんだ。

銀次郎　叩けばほこりの出る身体。白濱屋、浜の真砂は尽きるとも、世に盗人の種はつきまじってね。

お伊勢　声がでかいよ。それはお前も御同様だろう。

銀次郎　それはまあ。

お伊勢　第一、今じゃ人様に後ろ指さされるようなことは、これっぽっちもしてないんだ。

銀次郎　あれ。世間じゃ守銭奴だの銭ゲバだの言われてるでしょ。

お伊勢　それは商売。話は別。で、何の用だい。金ならないよ。

銀次郎　その金を工面してもらいたい。

お伊勢　何のために。

銀次郎　花火。

張り扇で銀次郎をはたくお伊勢。

銀次郎　ただの花火じゃねえ。月まで飛ぶ花火。

再び張り扇ではたくお伊勢。

銀次郎　ただ月まで飛ぶんじゃねえ。かぐや姫を月まで乗せて飛ぶ花火。

お伊勢が合図すると、使用人達が巨大なグローブを持って突っ込んでくる。
吹っ飛ばされる銀次郎。

銀次郎　でーっ!!
お伊勢　いくら昔なじみだって、そんな夢物語に出す金は一文もない。おととい おいで！

とっとと引っ込むお伊勢と使用人。
銀次郎、起きあがる。

銀次郎　馬鹿野郎。誰がてめえなんかに頼るかよ。（とお伊勢に捨て台詞）まったく、強突張りなおばさんだぜ。

と、立ち去ろうとするが、周りに現れる不審な男達。町人の格好をしているが、黒衣衆の耳、腕の二人。

銀次郎　なんだい、あんたがたは。（腕に気づき）おや、てめえはどこかで。……長屋の前か。

そこに現れる赤井。

赤井　やめとけ。うかつに手を出すな。
銀次郎　赤井の旦那。

赤井、近づくと、銀次郎の着物を指でなぞる。それを彼に見せて。

赤井　銀次郎、汚れてるぞ。
銀次郎　はいはい。そんなことを言いに、ここまで。

赤井　ちょっとついてこい。お前に会いたいという方がいる。
銀次郎　あっしに。
赤井　妙な真似しないほうがいい。俺はともかく、こいつらは強い。やけどするぞ。
銀次郎　それはもう。こんな剣呑な気配発してる連中の相手は間違ってもしたくはねえ。
赤井　それがいい。

赤井と黒衣衆に囲まれて歩き出す銀次郎。

☆

葛飾村。以前、黒衣衆が空の獣たちと戦ったあたり。
姿を見せる銀次郎と赤井、腕、耳。

銀次郎　これはまた随分と遠くまで、連れてきたねえ。葛飾村か……。
赤井　この辺ならば、人目につかんだろう。
銀次郎　あ、やな言い方。
赤井　と、いうと。
銀次郎　そういう言い方する時は、大体いたいけな町人をばっさりって展開じゃないですか。
赤井　いたいけかどうかはともかく、いい勘だ。

と、突然隠し持っていた刀を抜く腕と耳。

銀次郎　そんなこったろうと思ったぜ。

懐から大きな鉄製の鍵を二本出す銀次郎。

耳　……十手鍵《じってかぎ》?

腕　面白い。

打ちかかる二人。
銀次郎、十手のように大鍵《おおかぎ》を使い、腕と耳に対抗する。その動き、はやい。

赤井　なに!

銀次郎　なんの悪ふざけですか、八丁堀。

下がって見ている赤井に問う銀次郎。

赤井　八丁堀じゃない、赤井西之介だ。

銀次郎　どっちでもいいっすよ。

　言いながら、腕と耳に打撃を決め得物を奪う銀次郎。

銀次郎　!!

　と、異常な気配を察した銀次郎、腕と耳の腕を押さえ自分の盾にする。

銀次郎　……そこのお方、火縄の匂いくらいわかります。鉄砲はいけやせんぜ。

　鎖頭巾に鎖帷子の眼と踵を従えて出てくる鳥居耀蔵。眼と踵は、鉄砲を構えている。

鳥居　よく気がついた。さすがだな。
銀次郎　どこのどなたか存じませぬが、ちょっとばっかし座興が過ぎるんじゃありませんか。
赤井　バカ、口のきき方に気をつけろ。この方をどなただと思う。
銀次郎　お偉い方でしょうね、旦那がそういうんなら。
赤井　南町奉行、鳥居《とりい》甲斐守《かいのかみ》様だ。
銀次郎　お奉行様……。

鳥居　錠前屋の銀次郎か。非礼はわびる、さがれ、お前達。
耳・腕　は。

耳と腕、刀をひく。眼と踵も銃の火縄を落とす。

鳥居　思ったよりもいい腕だ、感心したぞ。
銀次郎　そんな。ほんのお目汚しで。
鳥居　その腕、どうやって鍛えた。
銀次郎　それは……。
鳥居　ただの町人風情に、それだけの修業はできまい。
銀次郎　ガキの時に親父にたたき込まれましてね。その時からのならいが、身体に染みついてるだけですよ。
鳥居　それだけ？　本当にそうかな。
銀次郎　え。
鳥居　天の字の入った守り袋、持っていよう。
銀次郎　天の字？　ああ、あのこぎたねえ守り袋ですか。なら、ここに。

真っ黒になった守り袋を出す銀次郎。

赤井　バカ、なにが小汚いだ。……いや、確かに汚いな、これは。あ、いえ、これは失言を
……。（と、受け取り鳥居に渡す）

銀次郎　先祖代々伝えられたとか。紐がきつく縛られててどうにもあきやせん。しかも細い鋼《はがね》が織り込んであるのか、刃物でも切れない。奇妙な守り袋です。

鳥居　中は覗いたか。

銀次郎　とんでもない。中身は決して覗いちゃならねえと聞いておりやす。そんなもんがいるんだったら、いつでも差し上げやす。それで、よろしいですか。

鳥居、すっと紐を解き、守り袋をあけ、中から紙を出す。その書面を見てうなずく。

銀次郎　え？

鳥居　この結び方は天海結びと言って、並みのやり方ではほどけない。かつて家康様に使えた大僧正、天海殿が考案したと伝えられる。幕府の秘密を守るためのものだ。

銀次郎　そんなに大げさな……。

鳥居　黒衣《くろぎぬ》銀《ぎん》次郎《じろう》、おぬしに江戸奉行所忍び目付黒衣衆《くろぎぬしゅう》要役《かなめやく》を申しつける。

銀次郎　は、はい？

鳥居　二度は言わぬ。わかったな。

銀次郎　いや、あっしには何がなんだか。第一、なんですか、そのくろぎぬがどうとか。
鳥居　要するに、ここにいる連中の、頭になれということだ。
黒衣衆　オス！（と、頭を下げる）
銀次郎　はあ？
鳥居　黒衣衆は、それぞれ人の身体の一部をとった名前が呼び名として付けられている。
耳　耳。
腕　腕《かいな》。
眼　眼《まなこ》。
踵　踵《かかと》。
鳥居　そして、銀次郎、お前はそれらを束ねる家系なのだ。これが証拠だ。（と、書面を見せる）黒衣衆をたばねる名前だ。ほら、ここにはっきりと「臍《へそ》」と。
銀次郎　臍？
鳥居　それが黒衣衆の長の名。
銀次郎　なんか、全然偉そうじゃない。
腕　臍様がその名に恥じぬ腹の持ち主であることは、先日この手で確かめさせていただきました。
銀次郎　そういうことかい、あれは。
耳　腕の失礼はお許し下さい、臍様。

銀次郎　その呼び方はやめろ。
鳥居　赤井。
赤井　は。(うなずき説明を始める) 黒衣衆とは幕府開幕のおり、家康公自らがお作りになられた忍び目付。普段は町人に身をやつして市井《しせい》に潜むが、この徳川の法が揺るがんとしたときには、闇からその法を支えるが役目。
銀次郎　そ、そんな話は聞いたことはない。
赤井　それはそうだ。万が一の時に作られたお役目。それまでは誰にも知られてはならぬ。聞いたことがなくて当然。当然なんだが、平和が長すぎた。万が一がおこらぬまま、はや二百と四十年。闇に潜んだ黒衣衆は、潜みに潜んで潜みっぱなしで、今まで当人達も含めてその存在がすっかり忘れ去られていたのだ。
銀次郎　そのまま忘れておくというわけには……。
鳥居　それはできぬ。
赤井　お奉行は今回のお役目のために、必死で古い記録をお調べになったのだ。
鳥居　今、この江戸では想像を絶する大事が起こっている。これを見ろ、銀次郎。

眼、用意していた袋を出す。その中には壊れた機械。

銀次郎　なんです、これは。

赤井　ひと月ほど前、このあたりに大きな流れ星が落ちた。その跡に残されていたのがこれだ。
銀次郎　流れ星？　天狗星とか呼ばれていた奴ですか。
鳥居　ほう、聞いていたか。
銀次郎　ええ、まあ。
赤井　調べたところ、これは相当精密なからくりらしい。機械仕掛けの流れ星だったのだ。
銀次郎　機械？
赤井　そうだ、いわば空からの船。その船には空からの獣が乗っていた。人を襲いその生き血をすする恐ろしい獣だ。
銀次郎　そんなバカな……。
鳥居　ああ、確かにそういう気持ちはわからんではない。自分の目で見ない限りは。
銀次郎　ご覧になったんですか。
鳥居　夜道でいきなり襲われた。相手が儂《わし》でよかった。でなければ、一人犠牲者が増えるところだった。
赤井　かろうじて獣を追い払った鳥井様は、そのあと極秘に調査を行い、葛飾におちた天狗星をつきとめられたのだ。今のところ、確認できている空の獣は二匹。
銀次郎　二匹。
赤井　うち、一匹は先日お奉行自らの手で仕留められた。残るは一匹。

銀次郎　一匹……。
鳥居　あまりにも途方もない話なのでな。こんなことを表沙汰にするわけにはいかんし、今は水野様のご改革の最中。奉行所も手が足りない。こういうときこそ、お主たち黒衣衆の出番。二百と四十年潜みに潜んだその力、振るう時が来たのだ。
黒衣衆　おおーっ。
耳　やりましょうぞ、臍様。
銀次郎　よし、わかった。あー。君、名前は。
耳　耳。
銀次郎　よし、耳。この件はお前にまかせた。お前の力の限りやってみろ。
耳　え。
銀次郎　いや、耳くん。君の力は大したものだよ。
鳥居　……ではおぬしには夜桜《よざくら》の銀狐《ぎんぎつね》のあとでも、追ってもらうか。
銀次郎　……え。
赤井　夜桜の銀狐？
鳥居　今から五六年前、浪速を騒がせた泥棒一味だ。首領格の女が夜桜、相棒の若い男が銀狐。その二人を中心に、盗みはすれども非道はせず等といい気になっていたらしいが、大塩平八郎の乱の頃を境にふっつりと姿を消した。銀狐の前には開かない錠前はなかったとか。どうだ、銀次郎。お前の錠前と対決してみるか。

銀次郎　お奉行様は思い違いをしておられます。
鳥居　思い違い、と。
銀次郎　錠前とは、一度閉めてもまた開けることができるように作られたもの。つまり、必ず開くものです。絶対に開かないものは錠前とは呼びません。
鳥居　開かない錠前は、この世にはないということか。成程。面白いことを言う。銀狐にも聞かせてやりたいな。やつめ、今頃どこでどの面下げているのか。
銀次郎　まったくで。
鳥居　もっとも、今はそんな小悪党に関わっているときではない。お前が空の獣を追うのならば、銀狐など捨て置こうと思ったが、どうしても別行動をとるというのなら仕方がない。地の果てまでも、夜桜の銀狐らの行方追う役目を与えよう。この鳥居、一度追うと決めたならば、とことん追うぞ。一族郎党根こそぎ暴き立てる。関わった者は全て遠島獄門。そのくらいのこと、平気でやるぞ、この妖怪と呼ばれる男はな。
銀次郎　……申し訳ございません。この銀次郎、心得違いをしておりました。空の獣は人の命を奪う恐ろしき輩。銀狐などどうでもいい。今は、その獣の行方突き止めるが第一。黒衣衆を率いて、この銀次郎、かならずやきゃつらの行方探し当てましょう。
鳥居　そう言うてくれると思っていた。黒衣銀次郎、空の獣の行方を突き止め捕らえよ。抵抗する場合は殺して構わぬ。
銀次郎　……殺すのですか。

鳥居　当然だ。この日の本は鎖国が定法。最近は外国の文化を取り入れようなどとたわけたことを考える不穏な輩も出てきておる。この上、空からの侵入者など見のがしたとあっては、ますます開国論者を調子づかせることになる。なんとしても闇から闇に葬る。わかったな。

銀次郎　は。

赤井　お奉行からの下知は、この赤井がおぬしらに伝える。よいな。

鳥居　何を偉そうに言っている。

赤井　え？

鳥居　銀次郎は忍び目付要役。同心の貴様よりは遥かに上のお役目。銀次郎、この赤井は儂が襲われた夜、たまたま奉行所に詰めていたのが縁で、この仕事に関わっておる。黒衣衆同様、貴様の手の者だと思って使うがいい。わかったな、赤井。

赤井　……は。

鳥居　目つきが不服そうだが。

赤井　と、とんでもございません。喜んで。（と、作り笑顔）

鳥居　ならばよい。頼んだぞ。

立ち去る鳥居。続く眼と踵。

耳　御用あれば、いつでも。我らの居場所はこちらに。

紙片を銀次郎に渡すと駆け去る耳と腕。
残る赤井と銀次郎。

銀次郎　……わかったな、赤井。
赤井　……。（ムッとする）
銀次郎　ははは、冗談ですよ。そんなにいきなり態度変えるほど、旦那とのつきあいは浅くはねえ。それよりも、しばらくは風来長屋にはちかづかねえほうがいい。
赤井　なぜだ。
銀次郎　あんまり旦那にウロウロされると、長屋の連中に妙に勘ぐられる。頭は悪いが勘はいい、おまけに口は軽いと、悪い噂三原則が揃った連中だ。ろくな事にはならねえ。さっきの連中を使って連絡させやす。とりあえずそれぞれ、その獣の行方を追いましょう。
赤井　わかった。俺もあまり貴様の顔は見たくはない。……貴様ではない、貴殿か。
銀次郎　貴様で十分。
赤井　余裕だな。

踵を返して立ち去る赤井。一人残る銀次郎。

銀次郎　……空の獣ねえ。さて、厄介なことになっちまった。

こちらも駆け去る銀次郎。

――暗転――

第三景

とある山中。
爆発音。転がり出てくる清吉。
激しく咳き込んでいる。花火の実験に失敗したのだ。
と、現れるソラ。

ソラ　大丈夫？
清吉　……おソラさん。どうして、ここに。
ソラ　昨日の夜から様子が変だったから。あとつけてきたの。
清吉　こんな山の中まで。そんな物騒な。
ソラ　清吉よりは安全だよ。実験するんならするって言ってくれればいいのに。火薬の調合を間違えたのか。すごい爆発だったな。
清吉　大きなお世話だ。

ソラ　え。
清吉　月まで打ち上げようってんだ。どでけえ打ち上げ筒用意して、目一杯の火薬爆発させなきゃ、とても届きはしねえ。だけど、爆発が激しすぎりゃあ、打ち上げ筒ごと破裂しちまう。どうやればいいのか……。
ソラ　……そうだね。
清吉　それに乗っけろなんて、無茶苦茶いいやがる。
ソラ　無理かな。
清吉　無理だよ、と言うのは簡単だ。でも、それじゃあどうにもしゃくじゃねえか。
ソラ　こういうのどうだろ、あのね。
清吉　うるせえよ。
ソラ　え。
清吉　こっちだって必死で考えてるんだ。したり顔で口出すのはやめてくれ。
ソラ　でも……。
清吉　あんたが月から来たのか地面から湧いたのかは知らねえが、やるからには俺の手でやる。
ソラ　頑固だねえ。
清吉　生まれつきだ。
ソラ　出なきゃあ、師匠の鍵屋さん勝手に飛び出しはしないか。
清吉　……よく知ってるな。おぬいか。

ソラ　おぬいさんに、天鳳さんに、銀次郎さんに、三太さんに……。
清吉　もういい、もういい。まったくどいつもこいつも口が軽いや。

と、そこに突然現れる濃い顔の男。皮の帽子をかぶり毛皮を着て手に火縄で出来たロープを持つ。鉄十《てつじゅう》だ。

二人をじっと睨み付ける鉄十。緊張するソラと清吉。

鉄十　（突然怒鳴りつける）ダラア！
清吉・ソラ　…………。
鉄十　ダダラア！
ソラ　（突然）ダラア!!
鉄十　（ちょっと驚くが）ダダダラア!!
ソラ　ダダラア!!
鉄十　ダダラズンバ、ダラダア！
ソラ　ダラダ、ズゥズダダラランバ！
鉄十　（笑い出し）ダーダ。ダズドルバ、ドゥンバ、ドゥラバダラバ。
ソラ　（たしなめるように）ダラバチュ、チュルラ、チュルクラ。
鉄十　（泣き出す）ダルルルル。

ソラ　（なぐさめる）ダラダドゥンガ、ダルメラダルメラ。
鉄十　ドゥンバ！（と、ソラの手を握る、清吉にも手を出し）火縄の鉄十だ。よろしくな。
清吉　喋れるのか！
鉄十　当たり前だ。何を驚いている。
清吉　どこの人間かと思った。
鉄十　普通の男だよ。ちょっと寂しがり屋が玉に瑕《きず》だがな。
清吉　だったら今のは何なんだよ。
ソラ　なんか面白そうだったから。
清吉　それだけかい。
鉄十　脅かしてやろうと思ったら、逆にのってきやがる。面白い女を連れてるなあ。玉屋。
清吉　知ってるのか、俺のこと。
鉄十　ああ、両国の花火は見せてもらった。鍵屋と張り合う打ち上げ花火、立派なもんだったよ。んが、但し日本じゃ二番目だ。
清吉　二番目だと。じゃあ、一番は誰だ。

鉄十、チッチッチと舌打ちしながら清吉に向け人差し指を振ると、帽子の庇《ひさし》を指であげ、自分を親指で指す。本人はさわやかなつもりの濃い笑顔。

清吉・ソラ　誰？（と、あたりを探す）

鉄十、再び自分を指す。

清吉・ソラ　どこ。（と、再び探す）
鉄十　俺だよぉぉぉぉ。俺に決まってるじゃねえかよぉぉぉ。
ソラ　泣かなくても。
清吉　えー、あんたみたいのが日本一なんて信用できねえなあ。（ソラに）なあ。
鉄十　なにー。
ソラ　確かに、花火師って言うより……日光ウエスタン村？
鉄十　ハイヤー！（と、火縄をムチのように振るが我に返り）ガチャガチャぬかすとしばきあげるぞ、われー。（と、火縄をムチのように振るう）
ソラ　ほら、やっぱり。
清吉　よせ、おソラさん。こういうのは、眼をあわせちゃいけないんだ。眼をあわせると敵だと思って攻撃してくる。
鉄十　俺は、野性の猿か。いい加減にしろ。だったら、俺の力見せてやろう。ちょっと待ってろ。

ダッシュで袖に戻ると、酒場のカウンターを押してくる鉄十。シェイカーをふり鮮やかな手つきでカクテルを作るとカクテルグラスに注ぐ鉄十。
手をのばすソラに「ｗａｉｔ」というそぶり。グラスに花火をさすと気障な仕草で点火。
パチパチと輝く火花がカクテルグラスに映える。雰囲気抜群の逸品だ。

ソラ　わあ、きれい。（手に取り一口飲む）おいしい。
鉄十　名付けて「恋は遠い日の花火ではない」。
ソラ　ほんとう。一口飲むたびになくしたあの日の情熱がよみがえてくるようだわ。
清吉　で。
鉄十　え？
清吉　花火の腕は。

鉄十、カクテルの花火をさす。

清吉　それかい。
鉄十　ないすなでこれーしょんだろう。
清吉　あんたがカクテル作りがうまいのはよーくわかった。でも、花火の腕とは全然関係ない。

ソラ　そりゃそうだ。
鉄十　おいしいって言ったじゃないかぁぁぁぁぁ。
清吉　叫んでごまかすな。
鉄十　ふ、さすがは玉屋清吉。よくぞこの火縄の鉄十の酒池肉林地獄極楽の術、見破った。
清吉　さすがは柳生十兵衛の跡取り息子と呼ばれてはいぬわ。
鉄十　呼ばれてない、呼ばれてない。
清吉　だから「呼ばれてはいぬ」というとろーが！
鉄十　だから理不尽に怒るなよ！
清吉　男が怒りを忘れるたらおしめーだろうが！
鉄十　おしめーにしろ！　そんな人の話が聞けねえ脳味噌おしめーにしてくれ。何が言いたいんだよ、てめえは！
ソラ　あんた、寂しかったんだね。

突然かたまる鉄十。

ソラ　こんな山の中で一人で暮らしてて寂しかったんだね。

ズキューンという音とともに、ソラの言葉が鉄十の胸を刺す。

胸を押さえコクリとうなずく鉄十。

清吉　図星かい。

ソラ　だから久しぶりに人間に会って嬉しかったんだね。かまってほしかったんだね。

再びコクリとうなずく鉄十。

清吉　なんか、そぶりが可愛い分だけ余計気持ち悪いぞ。

鉄十　ぬぁにぃ。……ふ、玉屋清吉、貴様とはしょせん共に天を仰がぬ仲のようらしいな。そこまで言われちゃ仕方がない。いいだろう。今度こそ俺の本当の恐ろしさ、思い知らせてやろう。待ってろよ。

カウンターを押しながらダッシュで駆け去る鉄十。

清吉　また、待つんかい。

その清吉をニコニコして見ているソラ。

清吉　（ソラの笑顔に）ん？
ソラ　楽しそうだねえ、清吉。
清吉　楽しい？　俺が？　まさか。
ソラ　怒ってても楽しそうだ。
清吉　そうかあ？
ソラ　あたしといる時と全然違う。
清吉　そんなことはねえよ。
ソラ　ツッコンでる時妙にイキイキしてるし。
清吉　普通、陰気にはツッコまないだろ。
ソラ　……そうか、清吉、男の方が好きか。
清吉　おーい、勘弁してくれ。
ソラ　やっぱり銀次郎の言ったとおりだ。
清吉　そんなこたあねえよ。銀さんか。あいつが何言ったか知らねえが、奴の言うことは百のうち百二十がでたらめだよ。
ソラ　多いんだ。
清吉　そのくらいあてにならねえってことだよ。
ソラ　そうかなあ。
清吉　もし、あんたが言うように俺が楽しそうだとしたら、それはあいつと俺が同じだからかもしれないなあ。

清吉　……それは、あのひげ面も、男が、すきだと、いうこと、かなあ？

ソラ　違う。全然違う。文節ごとに切るな。そんなにセリフを立ててどうする。このバカタレ。

清吉　違う？（小首をかしげる）

ソラ　違います。全く違います。そんな素っ頓狂な顔して、何を訴えたいんだ。いいから黙って人の話を聞け。

清吉　はは。（と、かしこまる）

ソラ　（自分の手を見せる）黒いだろう。

清吉　え？

ソラ　花火を作ってるとなあ、手のしわや爪の間、手の皮全体に火薬の粉がしみこんで、とれなくなるんだよ。洗っても洗っても何となく薄汚れた手になっちまうんだ。奴の手もおんなじだった。日本一はどうかと思うがそれでも、あれは物心ついたときから花火をいじってた男の手なんだ。

清吉　それで。

ソラ　ああ。こんな山ん中でも必死で花火作ってる奴がいると思うと、なんだか嬉しくなっちまったのかもしれねえなあ。

じっと清吉の手を見つめるソラ。
と、すっと手をのばして清吉の手を両手で包む。

ソラ　（清吉の手を感じて）ガサガサ、でも暖かい。
清吉　え。
ソラ　（自分の手に力を込め）暖かい？
清吉　あ。
ソラ　暖かいでしょ。
清吉　ああ。
ソラ　こうやって、ずっと暖めてると。
清吉　ん。
ソラ　ボッって燃えるかな。
清吉　あち！

あわてて手を放す清吉。

清吉　今、何した⁉　なんか、急に熱くなったぞ！
ソラ　だから、暖めたら火薬に点火するかなって。手にしみこんだ火薬に。

清吉　するわけねえだろう。何考えてんだ、まったく。

ソラ　怒った？

清吉　そりゃ怒るだろう。

ソラ　怒るなよう。（と、泣く）

清吉　ソラさん、あんた酔ってるね。

ソラ　酔ってません。酔ってませんよ～。（と、いきなり酔っぱらい）

清吉　……やっぱり。

　　と、そこに戻ってくる鉄十。

鉄十　な、なにイチャイチャしてやがる。

清吉　してねえよ。

鉄十　ふふん。まあいい。女相手にそうやって好いたらしいことをしている間に、貴様と俺の腕はジャイアント馬場さんとジャイアンほどに離れていくのだ。

清吉　なんだよ、ジャイアンって。

鉄十　剛田武だ。妹はジャイ子。本名は知らん。

清吉　そんなことを聞いてんじゃねえよ！

鉄十　でもペンネームはクリスチーネ剛田だぞ。

清吉　お前の頭は腸捻転か⁉

鉄十　（清吉のツッコミを無視して）たわごとはいい。これを見ろ！

鉄十、鉄の筒に棒をつけた物を見せる。

清吉　なんだ、それは。

鉄十　龍星《りゅうせい》。

清吉　なに。

鉄十　ほお、顔色が変わったな。知っていたとはさすがは玉屋だ。

ソラ　龍星？

清吉　龍の星と書いて龍星。噂でしか聞いたことはねえんだが、地を震わし天を裂いて一直線に駆け上る、そういう打ち上げがあるって。

鉄十　もともとは武田騎馬軍の狼煙《のろし》用だ。その高さはてめえらのひょろひょろ玉とは訳が違うぜ。

清吉　ちょっと見せてくれ。

鉄十　ちょっとだけだぞ。おっと、持ち逃げしようったって無理だからな。こいつは、俺の腕とほれ、鋼の糸でつながってるのだ。そう簡単に切ることはできんぞ。

ソラ　意外とせこいね。

鉄十　なにい。
清吉　とりゃあしねえよ。
鉄十　紐で結んでない物はみんなの物。それが俺達一族の掟。
清吉　やな掟だね。見せてもらうよ。

鉄十から龍星を受け取る清吉。

ソラ　見せて見せて。
清吉　こいつは鉄か。鉄筒に火薬を詰めて。へえ、火縄にも火薬を仕込んでらあ。周りを油でかためてるのか。
鉄十　よくわかったな。
清吉　もとは狼煙だって言ってたな。雨や風でも確実に点火する工夫か。
鉄十　まあな。
清吉　いや、待て。それだけじゃねえ。火縄の火薬の量を加減することで、点火までの時間を調節できる。そういうことか。
鉄十　……こいつは驚いた。
清吉　図星か。
鉄十　ああ、龍星を一目見ただけでそこまで見抜くとは、江戸者もバカにしたもんじゃない。

清吉　世間は広ぇなあ。まだまだいろんな知恵がある。

　と、その時ソラの素っ頓狂な声。

ソラ　やったあ、点火成功！

　龍星の火縄に火がついている。
　二人の男が話している間、ソラはずっと火縄を手に挟んで集中していたのだ。彼女の未知の力が火縄に火をつけた。

ソラ　ほら、清吉。やればできるよー。
清吉　ば、ばか！
鉄十　は、はやく火を消せ！
ソラ　やだ、せっかくつけたのにー。
清吉　あんた、悪酔いする質《たち》だね。

　と、龍星の火薬部分に点火。白い煙をはいて一気に空に上っていく。

ソラ　とんだ！
清吉　はええ。見事なもんだ。
鉄十　見たか、あれが龍星だ。
ソラ　……って、待って。確かあなた鋼の糸でつながってるって――。
鉄十　え。

気づいたときにはもう遅い。
龍星に引っ張られて宙を飛ぶ鉄十。

鉄十　うわああああああ！
清吉　てつじゅううううう！

見えなくなる鉄十。ドーンという破裂音。

清吉　ああ！
ソラ　大丈夫大丈夫。ほら、あそこ。木の枝にひっかかって。
清吉　大丈夫って、あんたのせい……。（と、いさめようとして言葉が止まる）……そうか。
ソラ　え。

清吉　そうか、あれだ。
ソラ　なにが。
清吉　花火玉を打ち上げようと思わなきゃいいんだ。そうだよ、あれでいいんだ。
ソラ　清吉。
清吉　見えたよ、おソラさん。思いついた！
ソラ　それじゃあ。
清吉　こんな山ん中まで来たかいがあったってもんだ。とにかく長屋に戻ってご隠居に相談だ。いや、ご隠居だけじゃねえ。駿平、三太、新佐、いやもっともっと協力がいる。
ソラ　できるの。
清吉　やってみるさ。おソラさん、あんたを月まで打ち上げてやる。

ソラ、突然清吉に抱きつく。

ソラ　ありがとう。
清吉　……あんた酔ってるね。

ソラ、だまって清吉の背中に手をまわしたまま。

清吉　……おソラさん。

清吉もソラの背に手を回そうとしたその時、黒こげになった鉄十が現れる。

鉄十　ちったあ、こっちの心配もしろ。このバカタレどもが‼

ちゃんちゃんの暗転。

――暗転――

第四景

風来長屋。夕方。蒸し暑い。
外に出て涼んでいる長屋の連中。
包丁を次から次に研いでいる三太。曲芸の新ネタを工夫している天天と天鳳。
七輪を持ってくる六兵衛。

天鳳　おや、夕飯かい、六さん。
六兵衛　仕事もねえのに、毎日稽古か。芸人も大変だ。
天鳳　そのうち風向きは変わるから。
天天　備えあれば憂い無し。
天鳳　そういうこと。
六兵衛　芸熱心な兄妹だねえ。
三太　何きれいごと言ってんだい。こっそりお座敷に呼ばれてるくせに。

天鳳　そこ、余計なこと言わない。
三太　いいよなあ、旦那衆のお声がかかって。こちとら大工じゃ、お座敷に家は建てられねえ。
天天　まったく、なんもかんも御法度《ごはっと》御法度って、今の奉行所は何考えてやがんだろねえ。
三太　って、奉行所の前で文句を言ってた奴が、さらし首になったそうだ。
天天　えー。
天鳳　真に受けなさんな。三公の脅しだよ。
三太　どっちにしろ、おめえらはましだよ。こちとら、本業はお手上げだ。

そこに現れるご隠居ガールズ。

ガールズ　三太さーん。
三太　はーい。約束の包丁、研いどいたよー。
ガールズ　ありがとー。
三太　ほら。これで大根だろうがゴボウだろうが一刀両断。ついでに君たちの帯もスパスパーッて。
ガールズ　いやーん。
三太　はははは。はい、一人三十六文。

ガールズ、「えー」「たかーい」「お金とるのー」などと口々にブーイング。

三太　（豹変）やかましい！　ただじゃメシは食えんのじゃ。とっとと金よこさんかい。

しぶしぶ金を渡すガールズ。

三太　（再びにこやかに）はい、ありがとー。また、よろしくねー。

ぶつぶつ言いながら去っていくガールズ。

三太　（砥石を眺めると。しぶく）ふっ。俺の砥石も、落ちたもんだな。

と、その様子をみていた六兵衛、手にしていた瓦で三太をどつく。

六兵衛　何カッコつけてんだよ、バカタレが。

三太　いってー、この乱暴者が。

その瓦を七輪に置く六兵衛。

天鳳　おや、商売物をどうするつもり。

天天　ひびが入るぞ。

六兵衛　たとえ家は焼け落ちても、この六兵衛印の瓦は屋根の形のまんま焼け残ってたって代物だ。熱にはつええよ。心配することはねえ。

三太　不景気不景気で、屋根瓦を注文する酔狂もいねえしな。

六兵衛　大工のお前が仕事しなきゃ、俺の瓦を乗っけるところができるわけがねえもんな。

三太　はいはい、すみませんねえ。

熱した瓦の上に卵を落とす六兵衛。

天鳳　焼くのかい、卵を。

天天　もったいねえ。煮るなりゆでるなりすりゃあいいのに。

六兵衛　煮るなべがねえんだよ。この間うっぱらちまった。この卵の出所は聞くな。

三太　かっぱらってきたんだ。

そこに、おぬいに車椅子を押してもらって出てくるご隠居。

おぬい　あら、いい匂い。
ご隠居　面白いことをしてるねえ、六兵衛くん。
六兵衛　焼くんなら卵持ってきてくだせえ。
天鳳　煮る鍋がないんですって。
ご隠居　……目玉焼き。
おぬい　え？
ご隠居　目玉焼きって名前はどうかな。
天天　確かに目玉にみえないこともないが。
天鳳　目玉食べるなんて悪趣味ですよ、ご隠居。
ご隠居　そうかなあ。
六兵衛　なんだっていいや、食えりゃあ。

そこに駆け込んでくる銀次郎。

銀次郎　新佐、新佐はいるか！
おぬい　どうしました。
銀次郎　殺しだ。例の血抜き殺しだ。

天鳳　またかい。物騒だねえ。

銀次郎　西方寺《さいほうじ》の境内に転がってたそうだ。それがどうやら新佐らしいって。心配で飛んできた。

六兵衛　血抜き殺し？

三太　おめえはほんとに世間のことに鈍いね。最近、身体から一滴残らず血を抜かれるって殺しがはやってるんだよ。

おぬい　このひと月あまりでもう五件になりますね。

ご隠居　べっぴんさんばかりだって言うから勿体ないねえ。

六兵衛　じゃ、今回は例外か。

天鳳　なんか、南蛮渡りの獣かなんかがこの江戸の町をうろうろしてるって噂じゃないか。やっぱり、そいつの仕業かね。

銀次郎　そんな噂が。……人の口に戸は立てられねえか。

おぬい　え？

銀次郎　なんでもねえ。

三太　そんな奴に新佐が。ちっくしょー。

銀次郎　まだ新佐と決まったわけじゃ。

六兵衛　まったく奉行所の奴ら、何してやがんだか。

おぬい　新佐さんもついてないですねえ。

天天　奉行所で痛めつけられて、やっと解き放たれたと思ったら、まったく。

銀次郎　あのね。話をきこうね。

六兵衛　しんざー！

三太　ゆるせねえ！　くそー！

三太、走って行き新佐を引っ張ってくる。

奉行所で赤井に痛めつけられたのか、傷だらけ。包帯や絆創膏をつけている。

三太　こら、新佐！　てめえ、飯なんか炊いてるときじゃねえ！

新佐　な、なんだよ。

六兵衛　なんだよじゃねえ、てめえ殺されちまったんだよ！

新佐　なにーっ!!

天鳳　西方寺にあんたの亡骸が転がってるんだって。

天天　覚えはねえか。

新佐　そういや、昨日の夜、夜泣きそば食いに通ったような。

天天　それだ。その時、やられちまったんだ。

新佐　や、やられた？

三太　例の血抜き殺しだよ。お前、南蛮渡来の獣に血を吸われちまったんだよ。

新佐　ええーっ⁉（ふらふらする）
おぬい　新佐さん。
新佐　なんか、めまいが。

銀次郎とご隠居以外、顔を見合わせ。

一同　血だ。
天鳳　やっぱり血が抜かれちまったんだ。
おぬい　新佐さん、あんた〜。
新佐　ど、どうしよお〜。
六兵衛　どうしようじゃねえ、こういうときこそ気をしっかり持て！
三太　そうだ。何ぼやぼやしてんだよ。てめえがくたばっちまったってえのに。とりあえず遺体をもらわないと。
天鳳　ほら、自分のことだろう。自分でおやりよ。
天天　西方寺だ、新佐。
新佐　わ、わかった。とりあえず行ってくらあ！
銀次郎　ばかー‼

と、駆け出そうとする新佐にラリアットする銀次郎。

銀次郎　もー、てめえらはどいつもこいつも！　ここは与太郎の見本展示場か！　新佐が西方寺でくたばってるんなら、ここにいる新佐は誰だ！

おぬい　わかった！　幽霊よ!!

一同　ええー!!（と、おびえる）

銀次郎　ばかの自乗ー!!!

銀次郎、おぬいにキック。

銀次郎　ばかもんどもが。いい加減にしろ！　ご隠居、そこで寝てないで何とか言って下さい。

うつらうつらしていたご隠居、ハッと目覚める。

ご隠居　やあ。いいもん見せてもらったよ。隣のなめくじ長屋の貧乏落語家に話せばいいネタになる。

銀次郎　結構です。とにかく、てめえら落ち着け。脳味噌を使え。

と、そこに駆け込んでくる駿平。

駿平　た、大変だ。西方寺の境内で、新佐さんが殺されてるって！

一同　ええーっ!!

驚く一同。がっくりする銀次郎。

六兵衛　新佐、やっぱりおめえ！

新佐　俺は、俺はー！

銀次郎　しつこいんだよー！　駿平、てめえは俺に何か恨みでもー。（と、駿平の胸ぐらをつかむ）

駿平　え、ちょ、ちょっと、落ち着いて。銀さん。

と、そこに現れる秤屋源蔵《はかりやげんぞう》。いろんな秤を入れた葛籠《つづら》を背負っている。

源蔵　あのー、ここに玉屋清吉さんという方は……。

銀次郎　じゃかましわー！

銀次郎、勢いで源蔵に跳び蹴り。

源蔵　でーっ!!（と、すっ飛び）わ、わたしが何かしましたかー!?

おぬい　銀次郎さん、ちょっと銀次郎さん！

銀次郎　とめるんならてめえもじゃー！

おぬい　あ～れ～。

とめる一同相手に暴れる銀次郎。

やれやれという風のご隠居、おもむろに吹き矢を出し、銀次郎に吹く。

銀次郎　う！（首に手を当て倒れる）

天鳳　銀さん！（と、駆け寄る）

そこに現れるお伊勢。

お伊勢　動かしちゃいけない。

と、てきぱきと銀次郎の様子を見るお伊勢。

お伊勢　ふん。なるほどね。（と、首から吹き矢針を抜き）どうやら凶器は吹き矢のようだね。
天鳳　見てりゃわかるだろ。
お伊勢　この吹き矢はそんなに飛距離は出ない。犯人はこの近くにいるようだね。
天鳳　だから見てりゃわかるって。
ご隠居　あ、はい。僕です。（と、手を挙げる）

無視するお伊勢。

天鳳　なぜ見ない。
お伊勢　……どうやらこの事件はお宮入りのようだね。
天鳳　だから、みんな犯人知ってるし。第一事件じゃないし。それより、あんた誰？
お伊勢　ふ、あたしかい。そうだね、通りすがりの沙粧妙子とでも名乗っておこうか。
天鳳　うわ、中途半端に古。
お伊勢　大きなお世話だよ。（銀次郎の懐から財布を取り出すと）じゃあね。

と、立ち去ろうとするお伊勢。

おぬい　あー、財布ー。
お伊勢　いいんだよ、こいつにはさんざんな目にあわされてんだから。こいつは迷惑料さ。
天鳳　さんざんな目?

と、起きあがる銀次郎。

銀次郎　おいおい、迷惑料はねえだろう。
お伊勢　あ、生きてた。
銀次郎　そりゃ、生きてるさ。
ご隠居　とどめ、さす?（と、吹き矢をかまえる）
銀次郎　勘弁してください。
ご隠居　落ち着きましたか、銀次郎君。
銀次郎　はい、おかげさまで。（お伊勢に）わざわざここまで足を運んでくれて、有り難いねえ。どうした風の吹き回しだい。
お伊勢　別に。
銀次郎　こないだ話した件が気にかかるのか。
お伊勢　冗談じゃない、あんなたわごと。ただ、ちょいと通りがかっただけだよ。

その時、鼻をひくひくさせるおぬい。

おぬい あれ……。
銀次郎 どうした。
おぬい 火の匂い。
六兵衛 え。（と、七輪をのぞく）
おぬい ううん。そんなんじゃない。もっと大きな炎。

と、長屋の後ろから白煙が上がり出す。

天天 （新佐に）あれはおめえんちだぞ。
新佐 そんな。
三太 そういや、飯炊こうとして火を起こしてたな。
天鳳 それに飛び火かい。
天天 新佐んちには紙切れとか木っ端とか燃える物がいっぱいあるから。
駿平 ばか、そんなこと言ってるときじゃねえよ。

ぼううと火の手が大きくなる。

おぬい　いけないい！

おぬい、袖にかけこむ。

銀次郎　いけねえ、結構でけえぞ。
お伊勢　やばいね、こりゃ。
新佐　ああ、おれんちが。
天鳳　ばか、長屋全体があぶないよ、天天！
天天　おうさ！（と、水芸の扇を出すとぴゅーっと水しぶき）
天鳳　そんなんできくかー!!（と、天天にドロップキック）
銀次郎　水だ、水。

一同によるバケツリレー。
一番先頭にいる六兵衛、バケツを受け取ると、一気に飲み干す。

一同　ばかー！

そこに駆け込んでくる清吉とソラ。
第三景からの戻りだ。

清吉　どうした、火事か？
銀次郎　ああ、新佐んちから。
清吉　やべえ。
ソラ　どうしたの。
清吉　俺んちに火薬が。
銀次郎　なに。川べりの火薬置き場じゃなかったのか。
清吉　試し用に持ってきてた。あれが爆発すると、このあたりは吹っ飛ぶぞ。
一同　なにー！
清吉　火薬だけでも！

火の中に飛び込む清吉。

ソラ　ちょっと、清吉！
ご隠居　こりゃいかん。

と、車椅子のスイッチを押す。

突然、消防車のようなランプが光りサイレンが鳴る。

江戸風消防士の格好をしたおぬいとご隠居ガールズ登場。龍吐水《りゅうどすい》にホースとノズルのついたもので消火しようとする。

が、風にあおられ火はますます強くなる。

三太　風がでてきやがった！
新佐　ご、ご隠居。
おぬい　だめです、火元まで水が届きません。
ご隠居　仕方ない。
銀次郎　どうしやす。
ご隠居　逃げよう。
駿平　そんなー！
ソラ　清吉！

一瞬何事か決意するソラ。

と、ソラの身体がふわりと宙に浮く。

驚く一同。

お伊勢　飛んだ……。
銀次郎　まさか……。

長屋の上を旋回しながら銀色の粉をまくソラ。それは特殊な消化薬か。
火事はたちまち沈静化する。
煙の中、火薬玉を抱えて出てくる清吉。
宙を飛んでいるソラをみて驚く。
火事がおさまったのを確認すると、ゆっくり着地するソラ。
どこか気まずそう。

清吉　……。
ソラ　……。
清吉　……ソラ……。
ソラ　（唖然としている清吉に）……びっくりした？

黙って遠巻きにソラを見ている長屋の住人達。

ソラ　（その視線に）……みたいね。

清吉　……ソラさん、あんた本当に……。本当に、空から落ちてきたのか。
ソラ　……まあね。
清吉　……じゃあ、月に帰りたいって言うのも本気だった……。
ソラ　最初からそう言ってただろう。
清吉　…………。
ソラ　……私は、星と星との間を飛ぶ者だ。ここには事故で落ちてきた。月に戻れば仲間に連絡も取れる。いくら宙に浮けても、それだけでは月までは飛べない。だからあなた達に頼った。……でも、もう無理みたいね。
清吉　待てよ。なんでそんなことがわかる。
ソラ　わかるよ。あなた達の顔見てりゃあ。化けものでも見てるような。
清吉　ふざけるな。
ソラ　え。
清吉　人をみくびるんじゃねえ。
ソラ　…………。
清吉　俺達だって人の子だ。いきなり空飛ばれたり、月から来たとか言われたらびっくりするに決まってらあ。でもなあ、そのあんたを今更化け物扱いするなんて、そんなケツの穴の小さい連中だと思ってるのか。
ソラ　え……。

駿平　そうだよ、ソラさん。

うなずいている長屋の連中。

ソラ　みんな……。
清吉　思いついたんだよ、あんたを月に打ち上げる方法。試させてくれよ。
ソラ　……清吉。
銀次郎　花火玉を打ち上げようと思ってたからつまずいてたんだ。逆だよ。打ち上げ筒を逆さまにするんだ。
ソラ　さかさま？
清吉　そうだ。逆さまにして火薬の力で打ち上げ筒を空に飛ばす。
ソラ　それは。
清吉　そう、龍星だ。でも、ただの真似じゃねえ。上に重ねる。打ち上げ筒の上に打ち上げ筒、いくつも重ねて順に点火していく。五段重ねの打ち上げ筒のてっぺんにソラさん、あんたが乗るんだ。
ソラ　……できるの。
清吉　俺一人じゃ無理だ。でもな、大工にからくり師、瓦屋に錠前屋、曲芸師。それだけじゃねえ、自分の腕を振るうことが出来ねえ職人達が知恵と技をあわせれば、きっとできる。

三太　俺達が。

清吉　手伝ってくれねえか、俺達の腕でこのおソラさんを月に飛ばしてやってくれねえか。

新佐　思い切りからくりが作れるのか。

清吉　ああ。

六兵衛　瓦も使うのか。

清吉　熱に強いんだろ、六さんの瓦は。噴射口に使える。

銀次郎　清吉、お前……。

清吉　手伝ってくれるな、銀さんも。

銀次郎　……そりゃあ。

と、話に割り込む源蔵。

源蔵　なるほど。妙なこと問題に出すと思ったらそういうことですか。

駿平　え。

源蔵　あんたかい。玉屋清吉さんとこの駿平さんていうのは。意外と若いんだね。

駿平　あ、あんた。

源蔵　（絵馬を懐から出し）お月さんがどのくらい離れてるか、その距離計算できますよ。

駿平　解いたのか、あんた。俺の問題を。
源蔵　儂は秤屋源蔵、この世の物ならなんでも計ってあげまさあ。
清吉　駿平……。
駿平　月までの距離がわからなきゃあ、火薬の量も計算できねえ。俺一人の手にはあまるから、絵馬に書いて神田明神にぶら下げといた。
おぬい　そんなことで。
駿平　算学好きな奴らは、そうやって問題出し合ってるんだよ。
銀次郎　この男が、駿平なみに算学が立つのか。そうは見えねえが。
源蔵　大きなお世話だ。算盤は顔じゃない。
天鳳　わかった。金ならあたし達が稼いでくるよ。ねえ天天。
天天　おうよ。俺のこの技で。（と曲芸を見せる）
お伊勢　ははん。そんなもんで、いくら稼げるね。
天鳳　なにい。
お伊勢　天女を花火で月に帰す。まったくとんでもないことを思いつく連中だよ。
天鳳　うるさいね。だから何もんだよ、あんたは。
お伊勢　白濱屋のお伊勢、といえばわかってもらえるかい。
三太　……白濱屋、あの大店の。
お伊勢　どうだい。この話、白濱屋に買わせちゃもらえないかい。

銀次郎　また、何かよからぬことを思いついたな。
お伊勢　とんでもない。この長屋の職人さん達の心意気に打たれただけだよ。
銀次郎　どうだろね。まあいい。このおかみさん、人柄は信用できねえが、金蔵《かねぐら》は信用できる。
お伊勢　おい。

と、ポツリとご隠居がつぶやく。

ご隠居　ロケット、か。
清吉　え。
ご隠居　いや、その打ち上げ筒の呼び名だけどね。ロケットってのはどうだい。
清吉　ろけっと？
ご隠居　そう。月に女が飛ぶと書いてロケット。
銀次郎　それ、全然読めない。
ご隠居　そう？
銀次郎　そう。
ご隠居　うそ。
銀次郎　嘘じゃない。
ご隠居　けち。

銀次郎　けちでもない。
ソラ　ロケットか。いい名前だね。
ご隠居　でしょ。
銀次郎　ほんとにやれるのか。
清吉　やってみるさ。
銀次郎　奉行所は。そこまで大ごとにするんじゃ、赤井一人ごまかしったってごまかしきれるもんじゃねえ。
清吉　それは……。
新佐　やってやろうよ、銀さん。
清吉　新佐。
新佐　俺達はもう、今みたいに窮屈な生活うんざりしてんだよ。せっかく修業して身につけたこの腕思いっきり振るいてえんだよ。一度は死んだ身だ。怖いものなんかねえ。

早とちりだが、すっかり死んだ気になっている新佐の言葉に、うなずく一同。
苦笑いする銀次郎。

銀次郎　わかった。奉行所のめくらましは俺がなんとか手を考える。
清吉　助かる。

銀次郎　……こうなったら、一刻でもはやく月にかえしちまえ。面倒なことにならないうちに。
清吉　え？
銀次郎　いや、なんでもねえよ。
清吉　いいか、こいつはもう花火なんかじゃねえ。龍だ。でっかい龍が江戸の空をつんざいて天に駆け上がるんだ。
駿平　龍か。
清吉　ソラさん、見てな。江戸の職人がその気になったらなんだって出来るってこと見せてやる。
ソラ　わかった。

うなずくソラ。
音楽。
一同、「大江戸ロケットのテーマ」を歌いあげる。
かくして、江戸の職人達による大江戸ロケット計画は始まった。
しかして、その結果は——。

〈第一幕・幕〉

第二幕

有情の月

第五景

深夜。江戸の闇。

つんざく女の悲鳴。

青い獣、手に刀を持ち駆けてくる。

その前に立つ一人の戦装束の黒衣衆。

襲いかかる青い獣。十手鍵で受ける黒衣衆。鎖頭巾をあげると、顔を見せる。銀次郎だ。

銀次郎　待て。俺だ。

その声にどきりとする青い獣。

が、再び銀次郎に襲いかかる。

銀次郎　落ち着け。話がある。

十手鍵で青い獣の攻撃をさばく銀次郎。
そこにどやどやと人の声。
他の黒衣衆が追ってきたのだ。
その気配に青い獣の攻撃が激しくなる。

銀次郎　よせ！

青い獣の刀をたたき落とす銀次郎。
近寄ろうとしたとき、青い獣が腕を上げる。その腕から、何やら発射。
ひるむ銀次郎。その隙に逃げ出す獣。
逆方向から駆け込んでくる耳と腕。

耳　待て！

獣を追おうとする黒衣衆をとどめるように、大げさに痛がる銀次郎。

銀次郎　うおお！　や、やられたああ！
耳　大丈夫ですか、臍様。
銀次郎　臍って呼ぶなぁぁぁ。

腕　こいつは針か。

獣が打ち出した物を銀次郎から抜く腕。

銀次郎　くそう。とんだ飛び道具を持ってやがる。

獣が逃げた方から赤井も出てくる。

赤井　どうした。空の獣か。
銀次郎　ああ。今、そっちに。
赤井　なに。いや、こちらには来なかったが。
耳　逃げ足の早い。
銀次郎　お前達、何をぼやぼやしてる。とりあえず、やられた奴の様子を見ろ。俺は獣のあとを追う。
腕　その傷は。
銀次郎　ただの針のようだ。大したことはねえ。

悲鳴が上がった方にいく耳と腕。

赤井　……これで八人目か。若い女ばかり。
銀次郎　え。
赤井　いや、獣の被害者だ。
銀次郎　見たんですか。俺も知らなかった。
赤井　ああ。女の悲鳴が聞こえたから。
銀次郎　なるほど。
赤井　しかし、取り逃がしたのはまずいな。今日もお奉行に叱られた。この辺で点数あげんと、俺もお前もまずいことになるぞ。
銀次郎　そうかもしれませんね。鳥居様のご機嫌伺いはそちらにお任せしまさあ。

戻ってくる腕と耳。

銀次郎　どうだった。
耳　いいえ、すでに……。
赤井　遅かったか。俺がもうちょっと早く駆けつけていれば。
銀次郎　倒せましたか、空の獣が。
赤井　……一緒にやられてたかな。

銀次郎　どうでしょうね。じゃあ。

駆け去る銀次郎達黒衣衆。

赤井　……あの男。

一人残る赤井。銀次郎の背に陰気な視線を投げかける。

と、別の場所に浮かび上がる鳥居耀蔵。

赤井　お奉行。
鳥居　なんだ、話とは。
赤井　は、実は黒衣衆のうち何名か、私にあずけていただけませぬでしょうか。
鳥居　ほう。何故？
赤井　少々調べたいことが。
鳥居　わざわざ黒衣衆を使ってか。
赤井　もしやとは思うのですが。（懐から紙切れを出す）
鳥居　……なんだ、これは。
赤井　くじでございます。

鳥居　くじ？
赤井　は。今、江戸の町人どもの間で密かにもてはやされているらしく……。
鳥居　……話をきこうか。

闇に消える二人。

☆

音楽。

ロケットを開発中の長屋の連中、点在して浮かび上がる。

新佐と話をしながら図面をひいている三太。模型のロケット組立の手伝いをしている天天と天鳳。瓦用の土を練っている六兵衛。火薬を調合している清吉。地球と月の図を書き、そこに何やら書き込みながら計算している駿平と源蔵。

深夜になり一つ一つの灯が落ちる。

ただ駿平と源蔵は、二人計算を続けている。横についているソラ。

ソラ　今日はこのくらいにしようか。
駿平　いや、もうちょっと。
源蔵　やめとけやめとけ。煮詰まったときに焦ってもしかたないぞ。
駿平　地球の自転速度はわかったんだ。あとは、どうやって地球の引力を振り切る力を与えられるか。第二宇宙速度だっけ。

ソラ　そう。……でも感心するよ。
駿平　何が。
ソラ　あなた達の吸収のはやさ。
駿平　そうか？
ソラ　駿平だけじゃない、新佐、三太、六兵衛、みんなあたしの知識をもとに工夫を重ねて。
　　　特に清吉の技術と応用力ってすごいわ。
駿平　兄貴はバカなんだよ。花火バカ。（と、むきになっている自分に気づき黙る）
源蔵　まあ、こっちだって数字バカだけど。
ソラ　そのバカが集まって本気になれば、ほんとにできるかもしれない。そう、思えてきた。
駿平　出来るさ、出来るに決まってる。
ソラ　でも、人間休息も必要よ。今日はここまで。
駿平　え……。
源蔵　それがいい、それがいい。
ソラ　おやすみ。

　　去るソラ。その後ろ姿をぼんやりと眺める駿平。

源蔵　算学者《さんがくもの》は数字だけ相手にしてりゃいい。ほかのもんに手を出すと肝心の数字まで読めなくなるぞ。

駿平　え。

源蔵　いくら立派な物差しでも人の心ははかれねえ。天女になればなおさらだ。（駿平の算盤を見て）心が曇ると算盤も曇る。寝る前に磨いた方がいい。

去る源蔵。

駿平　うるせえよ。ったく。

いったん横になるがすぐに起きあがり、算盤を持って外に出る駿平。
見上げると満天の星。算盤を磨き出す。
ふと気づくと、おぬいがいる。
星の光に誘われたのか、歌を口ずさんでいるおぬい。

駿平　不寝番かい。

おぬい　うん。気をつけないと、役人にばれると事だし。

駿平　……俺達、とんでもないことしてんのかなあ。

おぬい　でも、いい。

駿平　え。
おぬい　この長屋、今いい匂い。
駿平　そうか。
おぬい　この間まで腐りかけてたけど、今は一生懸命の匂いがするよ。
駿平　ほんとの犬みたいな言い方するなあ。おぬいさんは。
おぬい　犬の言い方知ってるみたいだよ。駿平さん。
駿平　……前にね。
おぬい　ん。
駿平　前に一度だけ聞いたことがある。
おぬい　犬が喋るのを？
駿平　そう。
おぬい　ほんとに？
駿平　ガキの頃にね。八つくらいかなあ。犬、飼ってた時。親父とお袋がまだ生きてる頃で。寺子屋の帰りに俺が拾ってきた。こんな小さくて小汚い、でも目はクリクリとした。
おぬい　ふうん。
駿平　それが、なんでだろ。親父とお袋がけんかしてたのかなあ。なんかいたたまれなくて家を飛び出して、「ああ、このままどこかに行っちまいてえなあ」って、河原にすわって。そしたら、その犬がね、「行こうよ」って。

おぬい　喋ったの？

駿平　そう、俺の顔見て、舌出してハァハァ言いながら、ピンと尻尾をおっ立てて、「行こうよ、駿平。あたしと一緒に」って。

おぬい　雌犬だったんだ。

駿平　でもね、俺、行けなかった。

おぬい　なんで？

駿平　（算盤を出す）これ。

おぬい　算盤？

駿平　寺子屋で前の日、どうしてもわからない問題があって、その日行けば先生が教えてくれるって。今行っちゃうと、その答が一生わからないまま終わるぞ。それはいやだって。

おぬい　親や兄弟より、算術の答？

駿平　そうなんだよ。俺も不思議だけど。でもそうだったんだ。だから、そいつに「行けよ。俺は行かないけど、お前は行けよ」って。そしたら、そいつうなずいて「またね」って。それっきり戻ってこなかったけど、でもあの時確かに俺にはあいつの声が聞こえたんだ。

おぬい　そうか。

駿平　……だから結局、俺はこいつが一番なんだよなあ。（算盤を見る）あの時からずっと。

おぬい　……ずっとそうだと、思ったんだけどなあ。
駿平　今は違うんだ。
おぬい　え、いや……。
駿平　……その犬もきっと駿平さんのこと、忘れてないと思うよ。
おぬい　そうかな。
駿平　そうよ。きっと。駿平さんが「行けよ」って言ってくれたこと、嬉しかったと思うよ。
おぬい　だと、いいけど。
駿平　いろいろ迷うけど、人間も大変だけど、忘れないよって。
おぬい　なんか、あいつに言われてるみたいだなあ。

微笑むおぬい。怪訝な駿平。
と、突然おぬいの顔が曇る。

おぬい　駿平さん、うちに戻って。
駿平　え。

と、現れる黒衣衆、耳、腕、眼、踵。

おぬい　あなた達。

襲いかかる黒衣衆。おぬい、骨型の得物で相手をする。一旦離れる黒衣衆。

おぬい　乱暴は、このおぬいが許しませんよ。

耳　ほらほら。（と、口笛を吹きながら手毬を見せる）とってこーい。

手毬を投げる耳。その方向に思わずぴゅーっと走って行くおぬい。

駿平　あー、おぬい！　てめえら！

黒衣衆に襲いかかる駿平。が、腕に取り押さえられる。
眼と踵、清吉を引っぱり出してくる。

清吉　な、なにしやがんでい！

その騒ぎに出てくる三太、天鳳、天天、源蔵。そしてソラ。

ソラ　清吉！

手毬をくわえて戻ってくるおぬい。

おぬい　しまった。

赤井西之介、現れる。

赤井　神妙にしろ、てめえら。

清吉　は、八丁堀。

赤井　花火だけでは飽きたらず、とんでもない物まで作ってるようだな、清吉。

清吉　な、なんの話だ。

赤井　とぼけても無駄だ。近頃こっそりとこんなものが流行ってるそうじゃねえか。（と、くじの紙切れを見せる）『ろけっとと』。龍が飛ぶとか飛ばねえとか当てるんだとか。

清吉　それは……。

家から転がり出る新佐。ロケットの模型を抱えて出てくる腕。

新佐　いててて。何すんだよお。

腕　赤井様。（ロケットの模型を渡す）

赤井　なんだ、こいつは。え、清吉。これが龍か。「ろけっと」とか言うんだと。ふざけるな！

模型を踏みつぶす赤井。

一同、「ああ！」と悔しがるが、表だって抵抗できない。

ソラ　……ひどい。

清吉　……なんてことを。

赤井　なんだ、その目は。何か文句でも。

ご隠居　まあ、待ちなさい。

と、車椅子で出てくるご隠居。

ご隠居　随分と乱暴な真似をするねえ、赤井さん。僕は好みじゃないなあ。

赤井　ふふん。出てきたな。〝隅のご隠居〟とか呼ばれていい気になってはいるが、所詮は町人。俺は南町奉行鳥居甲斐守様直々の命を受けて動いている。今回ばかりは貴様にも手は出せんぞ。貴様が天下の副将軍でもないかぎりはな。

ご隠居　ふっふっふ。

赤井　ぬ。

ご隠居　仕方がない。出したくはなかったんだが。新さん、源さん。

新佐と源蔵、ご隠居の横に立つ。

新佐　えええい、ひかえいひかえい。

源蔵　このお方をどなたと心得る。

赤井　ま、まさか。

新佐　この印籠が目に入らぬか！

印籠を出す新佐。思わずひれ伏す黒衣衆。

黒衣衆　はは～。

赤井　……ちょっと貸せ。（と、印籠を見る）これは、「あおい輝彦」！　葵の紋じゃなくて、あおい輝彦のブロマイドはっつけてるだけじゃないか!!

印籠に張り付けられた「あおい輝彦」の写真。同時に背後に大きく、「拡大図」というテロップと共にさわやかに微笑んでいる「あおい輝彦」の写真が映る。

赤井　ふざけるなー!!（印籠を投げ捨てる）

ご隠居　ああー、せっかく作ったのにー。

赤井　幕府をバカにするのもたいがいにしろ！

新佐　でも、前回までレギュラーだったし。

源蔵　そうそう。長かったよね、結構。

赤井　やかましい！

新佐と源蔵を殴り飛ばす赤井。

赤井　貴様らゴミクズにバカにされるこの赤井西之介ではない。さあ、来い。清吉。（黒衣衆に）貴様らは長屋の連中をひったてろ。

黒衣衆　は。

長屋の連中に襲いかかる黒衣衆。
その時、ソラの姿がかき消え、入れ代わりに白い獣が飛び込んでくる。

耳　こ、これは！

腕　赤井様！

赤井　空の獣か。まさか、そんな！

白い獣、黒衣衆をけちらすと、長屋の連中を解放する。
赤井に向かうと、清吉も救う白い獣。

白い獣　（清吉に囁く）逃げて。

清吉　なに……。

黒衣衆を誘うように逃げる白い獣。

耳　追うぞ、お前達。

赤井　ばか、こやつらは。（清吉達を指す）

耳　我らの狙いは空の獣。何よりもそれが優先されます。行くぞ。

黒衣衆　おう。

長屋の連中をほっぽりだして、白い獣を追う黒衣衆。

赤井　ええい。逃げられはせんぞ。おとなしくしてろ。

長屋の連中に言い捨て、黒衣衆のあとに続く赤井。

清吉　……あれは、まさか。

そのあとを追って駆け出す清吉。

駿平　兄貴、あぶねえよ！

ご隠居　おぬい。

おぬい　はい。（彼女もあとを追う）

天鳳　こんな時に。銀さんは、銀次郎さんはどこ。

駆け出す天鳳。あとに続く天天。

ご隠居　……まずいなあ、これはちょっとまずいなあ。

当惑する長屋の面々。

——暗転——

第六景

川縁。駆け込んでくる白い獣。
挟み撃ちにする黒衣衆、捕らえようと襲いかかる。
やむなく応戦する白い獣。強い。苦戦する黒衣衆。

腕　手強いぞ。
耳　やむを得ない。殺してでも連れてこいとのお奉行の命だ。

黒衣衆、捕獲から殺しへと態勢を変更。
白い獣への攻撃、激しくなる。
傷つけられる獣。耳に斬撃を決める。

耳　ぐわ！

しりぞく耳。ひるむ黒衣衆。獣が彼らにもっと攻撃しようとした時、駆けつける銀次郎。
今回は普段着。

銀次郎　いけねえ！

十手鍵を出し、割って入る銀次郎。

銀次郎　殺すな。殺しちゃいけねえ。

白い獣に打ちかかる銀次郎。
驚く白い獣。
そこに駆けつける清吉。

腕　おお、待っておりました。銀次郎どの。
耳　さ、はやく空の獣にとどめを。
清吉　ど、どういうことだ。銀さん！
銀次郎　……清吉。

清吉　やめろ、やめてくれ。（と、銀次郎を遮二無二止める）この人はおソラさんだ。

二人がもみ合っている間に、白い獣は白煙に包まれる。ソラの姿に変わる白い獣。

ソラ　逃げてって言ったのに。

清吉　あんた一人、見捨てられるか。（銀次郎に）どういうことだ。銀さん。あんたも、こいつらの一味なのか。

銀次郎　……それは。

清吉　まさか、あんたが。あんたが俺達を売ったのか！

銀次郎　売った？　どういうことだ。

清吉　何しらばっくれてる。こいつらが長屋に俺達をしょっ引きに。同心の赤井にロケットの事を漏らしたのはあんただな！

銀次郎　なに!?（黒衣衆に）お前達。

耳　お奉行様が、赤井様を手伝えと。

腕　そこで、空の獣に出会い。

眼　まさか、あんなところに隠れていようとは。

銀次郎　ばれちまったのか。ロケットが……。

清吉　なんで、なんであんたが。

銀次郎　……これも生まれついてのお役目だとさ。因果なもんだ。
清吉　お役目？
銀次郎　幕府忍び目付黒衣衆、臍の銀次郎。それが俺の名前だ。
清吉　……忍び目付。
銀次郎　おソラさん。あんたに聞きたい。なぜ人を殺める。人の生き血があんたの食いもんなのか。
ソラ　違う。それは誤解だ。
銀次郎　しかし、俺は見た。獣のあんたが若い女を殺したのをな。
ソラ　違う、私じゃない。銀次郎、聞いてくれ。もう一匹いるんだ。私はそれを追っている。
銀次郎　もう一匹？
ソラ　あなた達からみれば、どれも同じように見えるかも知れない。が、違うんだ。
銀次郎　そいつが、人殺しだと……。
ソラ　そうだ。私も銀次郎と同じような仕事だ。兇悪な星間犯罪者を護送中に事故が起き、この星に逃げられた。一度は倒したと思ったんだが、今の江戸の血抜き殺し。奴の仕業なら放っておけない。目的は同じなんだ。
清吉　……おソラさん。
ソラ　黙っていてすまなかった。でも、お前達のことだ。言えば、助けてくれる。一緒に探すと言ってくれる。それは危険すぎた。

耳　……銀次郎様、所詮は空の獣の言うこと。その場しのぎの戯言《たわごと》かと。

清吉　戯言だと。やい、銀次郎。このおソラさんが嘘を言ってるかどうか、おめえにはわかるだろう。忍び目付だかなんだか知らねえが、この人には手はださせねえ！

銀次郎　……そう言われると、あの時会ったのは……。

ソラ　私じゃない。

迷っている銀次郎。

清吉　銀さん。

ソラ　銀次郎。

その時、銃声。倒れるソラ。

清吉　ソラ！

短針銃を持った赤井と、鳥居が現れる。

鳥居　よくやった。銀次郎。

清吉　くそお!!

頭に来て赤井に殴りかかる清吉。あまりにも無鉄砲な行動に虚をつかれた赤井。無防備な彼の顔に清吉の拳が決まる。転がる赤井。

鳥居　無礼者！

清吉を抜き打ちで斬ろうとする鳥居。そこに飛び込んで、鳥居の刃を十手鍵で受け、清吉を守る銀次郎。

鳥居　銀次郎、貴様。

慌てて飛びずさる銀次郎。
黒衣衆に取り押さえられる清吉。

銀次郎　ご無礼お許し下さい。お奉行。
清吉　お奉行……。
銀次郎　しかし、いくら空の獣とは言え、詮議もなく撃ち殺すとはあまりかと。

鳥居　抵抗するときには殺してもかまわん。そう言ったはずだが。
銀次郎　は。しかし、こやつからはまだ聞かねばならぬことが。
ソラ　……う、うぅん。（と、うめき声を上げる）

ソラを見る銀次郎。

鳥居　（ソラに刺さった針を抜き）しびれ薬だ。
赤井　貴殿が考えることくらいはお奉行も考えておられる。
鳥居　これからも空から獣が降ってくるようなことになれば、ことだ。こやつの国のことなど、聞いておかねばならぬ。生きて捕らえるに越したことはない。
赤井　貴殿が注意をひいておいてくれたおかげで、見事に狙撃できた。礼を言いますぞ。臍殿。
銀次郎　なにい。
清吉　銀さん、頼む。おソラさんだけでも、せめて、彼女だけでも助けてくれ。
銀次郎　……清吉。
鳥居　まさか、貴様、こやつらに与《くみ》するつもりではあるまいな。
銀次郎　え。
鳥居　そのようなことになれば、儂はおぬしも斬らねばならぬことになるが。

銀次郎　お奉行……。

鳥居　どうする。

睨み合う銀次郎と鳥居。が——。

銀次郎　……とんでもありません。（頭を下げる）

清吉　銀次郎、てめえ！　それでも男か、馬鹿野郎!!

赤井、銃床で清吉を殴る。気絶する清吉。

鳥居　（清吉を指して黒衣衆に）こやつも連れて行け。ともに詮議する。

黒衣衆　は。

銀次郎　（鳥居に）……これで。

鳥居　ん。

銀次郎　これで私のお役目は。

鳥居　（銀次郎に）ご苦労だった。沙汰を待て。

立ち去る鳥居。

黒衣衆の面々、ソラと清吉を抱えてあとに続く。

赤井　（ニヤニヤ笑いながら銀次郎に）ご苦労さん。

その赤井の胸ぐらを摑む銀次郎。

銀次郎　いいか。これ以上、風来長屋に手え出すんじゃねえ。
赤井　なに。
銀次郎　これ以上お奉行に余計なこと吹き込むな。その命が惜しかったらな。
赤井　脅しか。
銀次郎　本気だよ。（と、一瞬垣間見える殺気）
赤井　ふふ。確かに点数稼ぎにはあの二人で充分だ。しばらくは見のがしてやるよ。鳥居様に首根っこ押さえつけられた御同輩のよしみでな。
銀次郎　なんだと。
赤井　偉そうな口を叩いても、所詮あの方の前じゃあ、手も足も出ないだろう。いや、お互いに。
銀次郎　……消えろ。
赤井　はは。こわいこわい。

皮肉な笑みを浮かべながら立ち去る赤井。
一人残される銀次郎。
そこに現れるお伊勢。

銀次郎　……なんだ。
お伊勢　すまない、銀さん。あたしがドジふんじまった。あんたに言われたのにねえ。くじは危険だって。
銀次郎　そうか、そこから足がついたのか。
お伊勢　短期間に大きな金動かすには、あれが一番いい手だったんだけど。まさか、胴元の政吉がやられるとは。
銀次郎　政吉が。
お伊勢　信用できる男だったんだけどねえ。さっき隅田川に浮かんでたよ。赤井の野郎……。
銀次郎　……俺の読み違いだ。お前も江戸から消えた方がいい。
お伊勢　そうさせてもらうさ。

そこに駆け込んでくる天鳳。

天鳳　ああ、こんな所にいた。銀さん、随分さがしたんだよ。
銀次郎　…………。
天鳳　いきなり赤井の野郎が。ロケットのことがばれちまった。どうしよう。
銀次郎　…………。
天鳳　銀さん。
銀次郎　ご隠居に伝えてくれ。清吉とおソラさんが、奉行所に捕らえられた。
天鳳　そんな！　で、どうすんの⁉
銀次郎　…………。
天鳳　銀さんってば！
銀次郎　……なんでもかんでも俺に頼るな。
天鳳　え。
銀次郎　もう、勘弁してくれ。

逃げるように去る銀次郎。

天鳳　……銀さん。
お伊勢　……そっとしといておやり。あの男があああなるとは、よっぽどのことだ。
天鳳　随分と知ったような口だね。

お伊勢　人には、昔がありまさあ。

天鳳　確かにね。夜桜おせいさん。

お伊勢　……あら、やだ。あたしはお伊勢。おせいなんて名じゃ。

天鳳　そらっとぼけんじゃないよ。ここまで来たら一蓮托生だ。一人だけ逃げ出そうなんて、許しはしないよ。

お伊勢　（懐の隠し刀に軽く手をのばし）……あんた、何者だい。

天鳳　ご同業さ。

いつの間に現れたのか、天鳳の後ろに南京玉すだれを持った天天が無表情に立っている。顔を隠すためか目の部分にスリットの入った遮光器風のゴーグルをつけている。

天鳳　へたに動かない方がいいよ。そいつの玉すだれは兇暴でね。人の喉笛めがけて伸びていく。

お伊勢　……そういや、最近、軽業まがいの仕事で盗み働きをする二人組がいるって噂に聞いたが。まさか、あんた達だったとは。世間は狭いね。

緊張を解くお伊勢。同様の天鳳、天天。

天鳳　夜桜のあねさんの耳にまで入っていたとは光栄至極。こんな小悪党だけど、それでも今度のヤマは損得抜きで関わってたんだよ。お上にアッと目に物見せてやる。それだけだったんだ。

お伊勢　なに、考えてる。

天鳳　あたしら、小悪党だ。小悪党がやることは小ずるいことに決まってるじゃないか。

お伊勢　こずるい？

天鳳　人の裏を洗って、ゆすって、おとす。それが小悪党のやり方さ。

お伊勢　あ……。

天鳳　手助けしてくれる？

お伊勢　面白いねえ。こっちも、このまま引き下がるのはどうにもしゃくだと思ってたんだ。

天鳳　助かるよ。相棒があれじゃ、どうにも頼りなくて。（と、天天を見る）

お伊勢　わかった。夜桜おせいの名は伊達じゃないってとこ、みせてやるよ。

ほくそ笑む俠女二人。

――暗転――

第七景

夜道。長屋の近く。
歩いてくる銀次郎。
おぬいが車椅子のご隠居が押してくる。ご隠居、膝掛けをしている。

ご隠居　どうしたい。らしくない顔をしてるねえ。
銀次郎　…………。
ご隠居　男が余裕なくしたら、カッコ悪いよ。

銀次郎、無視して通り過ぎようとする。

ご隠居　もし、やり直したければ……。
銀次郎　…………。（立ち止まる）

ご隠居　……僕についてきなさい。

ご隠居を見る銀次郎。

ご隠居　おぬいがね、見てたんだよ。
銀次郎　長屋の連中のことは、全部ご存じってわけで。
ご隠居　さ、行くか。
おぬい　はい。（と、ご隠居の膝掛けを取る）
ご隠居　さてと。（と、車椅子から降りて立ち上がる）
銀次郎　あ……。
ご隠居　ん？
銀次郎　立てたんですか、ご隠居⁉
ご隠居　立てるよ。
銀次郎　じゃ、なんで今まで。
ご隠居　楽だもん、その方が。
銀次郎　楽って。足、大丈夫なんですか。
ご隠居　ご心配なく。歩けるし、走れるし、ほら、ステップだって踏めちゃう。

と、軽くステップを踏むご隠居。

銀次郎　すてっぷって……。
ご隠居　ははは。びっくりした？
おぬい　ご隠居、うちでこっそり練習してるんですよ。見栄っ張りだから。
ご隠居　余計なことは言わないの。
銀次郎　でも、なんで今になって。
ご隠居　お城に行くのに、さすがに車椅子はまずいかなって。
銀次郎　お城って、江戸城に。
ご隠居　大坂城は歩いていくのにはちょっと遠いなあ。
銀次郎　あんた、いったい何者ですか……。
ご隠居　よかったらついておいで。
銀次郎　（ちょっと迷うが）……いや、俺は。
ご隠居　……ふうん。
銀次郎　仲間を売った卑怯者ですから。
ご隠居　つぐないはできない？
銀次郎　今更、何言ってもやったことは消えません。
ご隠居　君がそう思ってる限りはそうかもなあ。

銀次郎　じゃあ……。

立ち去ろうとする銀次郎。

ご隠居　でも――。

立ち止まる銀次郎。

ご隠居　自分が決め込んだら、自分の錠は開かないよ。

銀次郎、振り向いて一礼。立ち去る。

おぬい　あ……。今「さよなら」って言いました。
ご隠居　だね。
おぬい　いいんですか。銀次郎さん、いなくなっちゃいますよ。
ご隠居　とめられないでしょ。
おぬい　何故ですか。わかりません。私には。
ご隠居　君には難しいかもなあ。でも、今は、清吉くん達のほうが先だ。急ごう。

おぬい　あ、はい。
　　おぬい、車椅子を押してダッシュで走っていく。
ご隠居　あ、おい。乗っけてよ。
　　あとを走っていくご隠居。

☆

　　南町奉行所。

　　牢。傷だらけで横になっている清吉。

　　その横に座るソラ。

　　傷ついている清吉に、なにやらスプレーを吹き付けている。そのあと、カプセルを飲ませる。

　　気づく清吉。

清吉　……ソラ。

ソラ　気づいたか。

清吉　あんた、なんでここへ。別の牢だったろう。

ソラ　あんな木の枠で私を監禁しようなんて、無理な話だ。あの眼鏡の同心か。ひどいこと

清吉　をする。今、薬を飲ませた。なんとか治ると思う。
ソラ　ばかやろう。なんでこんなとこ、うろちょろしてるんだよ。
清吉　え。
ソラ　俺のことなんかかまってねえで、とっと逃げださねえか。
清吉　そんな。
ソラ　あんたにはお役目があるんだろ。もう一匹、人殺しの獣を捕まえなきゃならねえんだろ。こんな所で、俺なんか構ってる場合じゃねえ。
ソラ　わかった。じゃあ、一緒に逃げよう。
清吉　なんだと。
ソラ　ここまで一緒にやってきたんだ。今更、お前を見捨ててはいけない。
清吉　それはできねえ。
ソラ　なんでだ。こんな牢くらい簡単に破れる。私と一緒じゃいやか。
清吉　え……。
ソラ　やっぱりな。そうだと思った。
清吉　何が。
ソラ　……驚いたんだろう。私の本当の姿を見て。
清吉　なに。
ソラ　さっき戦った時の姿、お前達が獣と呼ぶあれが私の本当の姿だ。確かに、清吉から見れば、恐ろしいかも知れない。それは私も理解できる。

清吉　バ、バカ。何を言い出すんだ。

ソラ　違うか。

清吉　そりゃあ、驚いた。

ソラ　やっぱり。

清吉　いや、でも、それは違う。あれはあれで、その何だ。かっこいい。

ソラ　ほんとに。

清吉　ああ。なんか、「戦うぞ」って感じでいなせでいいじゃないか。

ソラ　そ、そうか。

清吉　第一、人を見かけで決めるんじゃねえってのは、死んだじいさんの口癖だった。見かけで決めるのは、花火だけだ。

ソラ　ほんとにそう思ってる？

清吉　あんたはどうなんだ。

ソラ　え。

清吉　あんたは俺達を見てどうなんだ。今まで考えもしなかったけど、いやじゃないのか。

ソラ　私は訓練を受けているから。

清吉　くんれん？

ソラ　……私の仕事は、星間犯罪者の捕獲と護送だ。緊急時のために、航路周辺の知性体が生息する惑星の情報は頭に入れている。特にこの星の衛星、つまり月には中継基地があるから、地球の住民達の姿はまだ慣れているんだ……て、聞いてる？

ソラの言葉がチンプンカンプンな清吉。

清吉　やじゃないということだけは、かろうじてわかった。
ソラ　なら、いい。さ、逃げよう。
清吉　だから、それは無理だ。
ソラ　なんで。
清吉　俺が逃げたら、駿平や長屋の連中全員がつかまっちまう。
ソラ　そんな。
清吉　いいや、それだけじゃない。お奉行の鳥居様は恐ろしいお方だ。あの方を怒らせたおかげで、店はおろか一族郎党全員島流しにあっちまった奴もいる。俺が牢抜けすれば、俺にかかわりのあった者全てに災いが及ぶ。
ソラ　じゃあ、ロケットのことがばれたってことは……。
清吉　それは、銀さんがうまくやってくれてるはずだ。
ソラ　銀次郎が。
清吉　仮にも忍び目付だ。きっとその辺はうまくやるはずだ。

ソラ　……信じてるんだな、銀次郎を。
清吉　そう思わなきゃ、やってられねえよ。
ソラ　清吉……。
清吉　さあ、行け、おソラさん。ご隠居に聞いたことがある。阿蘭陀《オランダ》、露西亜《ロシア》、亜米利加《アメリカ》。この海の向こうには、俺達よりもっと進んだ技術を持ってる連中がいる。そいつらならきっと、あんたを月に帰せるだろう。
ソラ　でも。
清吉　でも、じゃねえ。行け。

そこに、赤井が現れる。緊張する二人。

ソラ　……しまった。
赤井　清吉の言うとおりだ。行け、おソラ。
ソラ　え……。
赤井　俺も正直、お奉行のやり方はあんまりだと思う。お前達、逃げろ。
清吉　逃がしてくれるってのか。
赤井　そう言ってるだろう。
ソラ　清吉も一緒だ。

赤井　わかってるよ。（清吉に）さっきは手荒な真似をしてすまなかった。お奉行の手前、ああしなきゃ俺が疑われる。
清吉　旦那……。
赤井　いいだろう。八丁堀にも、お前らと同じ夢を見たいと思う奴がいても。
清吉　あ、ありがとうございます。
赤井　とは言え、空の獣のお前と違って、こいつを牢から出すのには一芝居必要だ。手伝ってくれるか。
ソラ　手伝う？
赤井　派手に牢破りしてくれ。その騒ぎに乗じて、俺がこっそり清吉をここから抜け出させる。
ソラ　わかった。
清吉　無茶だ。おソラさん。
ソラ　心配しないで。銃にさえ気をつければあとは怖くない。
赤井　急げ、夜が明ける。
ソラ　ああ。清吉、葛飾村で待ってる。
清吉　葛飾村？
ソラ　初めて、お前の花火を見た場所だ。
清吉　わかった。

ソラ　じゃあ。無事で。
清吉　お前も。

二人うなずく。駆け去るソラ。
と、突然呼子の音。「逃げたぞ！」「空の獣だ！」という取り方達の声。

清吉　ソラ……。
赤井　さすがだな。さあ、何をぐずぐずしている。お前の番だ、清吉。
清吉　へい。

赤井、牢から清吉を出す。

清吉　赤井の旦那、俺は旦那のことを勘違いしてやした。このご恩は一生忘れやせん。じゃあ。

おじぎをして駆け去ろうと背中を向ける清吉。と、突然、その背中に、隠し持っていた鋭い爪のついた熊手で襲いかかる赤井。
間一髪、気配を察してかわしたおかげで、浅手ですむ清吉。

清吉　な、なにをしやがる！
赤井　ふふん。かわしたか。生意気に。
清吉　どういうつもりだ。
赤井　ほんとうなら貴様などにこの爪を使いたくはないのだ。光栄だと思え。

襲いかかる赤井。必死でよける清吉。

清吉　あんた、最初から俺のこと……。
赤井　当たり前だ。貴様は俺を殴った。町人の分際で、この赤井西之介の顔を。許せない。
清吉　なんだと。
赤井　本当ならもっと無惨な殺し方をしたいところだが、仕方がない。その素っ首かき切ってやる。楽に死ねるよ。
清吉　何考えてんだ、お前は。
赤井　死ぬ奴には教えない！

清吉に襲いかかる赤井。が、逆に悲鳴をあげてあとずさる。その足に一文字手裏剣が刺さっている。

赤井　（刺さった手裏剣を抜き）だ、誰だ⁉

現れる天鳳とお伊勢。

お伊勢　間一髪だったようだね。
天鳳　よかった、無事かい。清吉さん。
清吉　あ、あんたらは。
お伊勢　その男はね、あんたを殺しておソラさんにその罪を着せようとしてるのさ。
清吉　なに⁉
天鳳　それだけじゃない。この八丁堀が、人殺しの獣の正体だったんだよ。
清吉　え？
赤井　ふふん、何を証拠に。
天鳳　証拠はこれさ。天天。

青い獣の着ぐるみを持って現れる天天。

天天　おうさ。

赤井　そいつは。

天天　あんたのうちに隠してあった着ぐるみだ。裏地には鎖帷子。腕からは刃物。よく出来た仕掛けだよ、この作り物は。

天鳳　前に、新佐しょっぴいたとき、あんたこれを作らせようとしたんだろう。ご隠居の手が回ってすぐに釈放せざるを得なかったから、別のからくり師に作らせて殺した。あたしらが、新佐と間違えて騒ぎになった西方寺の殺し、あれ、からくり師だったそうじゃないか。

赤井　貴様ら。人の家に勝手に入ったな。

天鳳　入るよ。だって、あたしら盗っ人だもん。

赤井　な、なに。

お伊勢　何か弱みを握ってそれネタに脅して、清吉さん達を助け出させようって計略だったんだけど、とんでもないネタをひろっちまったよ。

天鳳　こっちは、一緒に置いてあったあんたの日記だ。手口、相手の様子、よくもまあ、こんなに胸が悪くなるようなことが書き連ねられるもんだ。あんたはただ、人殺しが好きな変態だよ！（と、日記を出す）

お伊勢　まさか、十手持ちの自分の所までは調べる奴はいないだろう。そう、たかをくくってたね。でなきゃあ、こんな証拠の品ぞろぞろと置いてやしないだろう。まったく、悪事ってえのはもっと繊細に行うもんだよ。

天鳳　ご丁寧にこんな着ぐるみまで作って、空の獣に化けて、罪をなすりつけようとは、やることが汚いよ。虫酸がはしるね。

清吉　じゃ、ソラを逃がしたのは。

天鳳　獣が江戸にいないと、大手を振って化けられないからだろうよ。

清吉　……きたねえ野郎だ。

赤井　（笑い出す）確かに貴様らの言うとおりだ。獣のせいにしておけば、俺は疑われないからな。町人と思ってバカにしていたが考えを改め直すよ。貴様らを皆殺しにしたらな！

刀を抜き襲いかかる赤井。

こちらも得物を抜いて、相手になるお伊勢と天鳳、天天。赤井の斬撃をさばいて逆に追い込む。

赤井　なに⁉

お伊勢　簡単にやられると思ってるとこが、町人バカにしてんだよ！

天天　命のやりとりなら場数踏んでる。

天鳳　修羅場はこっちだってくぐってるんだ。刃《やいば》の重さは、侍に負けはしないよ！

赤井　ば、ばかな。

清吉　つええ、つええぜ。あんた達。

逃げ出そうとする赤井。

その行く手に立ちふさがるソラ。

清吉　ソラ。

ソラ　逃がさない。

赤井　くそ。貴様。

ソラ　やっぱり本物はあの時死んでたんだな。この星の人間が入れ替わりになりすますとは、さすがに気づかなかったよ。

清吉　どうして戻った。

ソラ　どうも調子がよすぎるから気になって。こういう目をした男は信用するなって、死んだじいちゃんが。

清吉　ほんとかよ。

その時、懐に隠し持っていた短針銃を撃つ赤井。間一髪よける一同。

その隙に逃げようとする赤井。

と、赤井の背後に現れる鳥居。

赤井　おお、お奉行。よいところに。牢破りですぞ。

と、言いかけた赤井に抜き打ちを喰らわす鳥居。二の太刀、三の太刀、さんざん斬りまくる。

赤井　と、……鳥居様。

鳥居　獣に化けて、己の欲のままに殺しを重ねるとは、奉行所の風上にも置けぬ奴。観念しろ、赤井。

赤井　うおおおお！

追いつめられ、鳥居に打ちかかる赤井。
鳥居のとどめの一太刀。倒れる赤井。

鳥居　（刀を納めると）峰打ちだ。

一同　おい。

後ろから現れる黒衣衆。

鳥居　この者こそ、連続血抜き殺しの下手人。あとでじっくり詮議する。牢に入れておけ。

倒れた赤井をひっぱっていく黒衣衆。

鳥居　さて、お次は貴様達だ。
清吉　え、でも殺しの下手人は見つかったんじゃ。
鳥居　それでお前達の罪が消えるわけではあるまい。国禁を破りこの日本に不法に侵入した罪、この南町奉行所に侵入し牢破りを手助けしようとした罪、断じて見過ごすわけにはいかん。
ソラ　まったく頭の固い奉行だな。
鳥居　この国が崩れていくのを黙って見ているほうが罪深いだろう。貴様達がどんなに小さな虫けらだろうと、蟻の一穴に成り兼ねぬものはすべて滅ぼす。それが徳川のためだ。
清吉　……そうだな。逃げたところで、このお奉行がいる限り、行き場はなかったんだ。

再び黒衣衆現れて、清吉やソラ達を取り囲む。

お伊勢　……噂には聞いてたが、怖いお人だよ。

天天　天鳳……。

天鳳　がたがた騒ぐんじゃないよ。覚悟をお決め。

鳥居　思いのほか出来るぞ。心してかかれ。

襲いかかろうとする黒衣衆。

と、そこに現れるご隠居。幕府の役人を引き連れている。

ご隠居　まあ、お待ちなさいな。鳥居様。

鳥居　……おぬし。

役人　鳥居様、ご老中からの書状です。

鳥居　なに。水野様の……。

役人が差し出す書状を読む鳥居。その顔色が変わる。

鳥居　（ご隠居をにらみ）お、おぬし。

ご隠居　ま、そういうことです。この者達は返していただきますよ。

清吉　ご隠居。

鳥居　……志を売ったか、水野忠邦。

役人　言葉が過ぎますぞ、鳥居殿。
耳　……お奉行。
鳥居　散れ。
腕　え。
鳥居　この者共には構うな。好きにさせろ。
長屋の連中　えー。
鳥居　そういう沙汰だ。（役人に）鳥居甲斐守、この件確かに承った。
役人　水野様にその旨お伝えいたします。先程のお言葉は拙者の胸に。
鳥居　そのまま伝えていただいて結構。
役人　……では。

立ち去る役人。

鳥居　（ご隠居に）わかっているのか。貴様のような奸物が、この徳川の世を脅かすのだぞ。
ご隠居　……あなたが思ってるよりも、幕府ってえのは奥が深いんですよ。それだけの人物だ。もう少し融通きかしちゃあいかがです？
鳥居　貴様に指図はうけん。
ご隠居　確かに。でもここは水野様のご意志です。いろいろ思いはあるでしょうが、この老体に免じて目をおつぶり下さい。

鳥居　ふん。田沼殿だけではなく、水野様にまで取り入っていたとはな。妖怪とは儂ではなく貴様のことだ、平賀源内。

ご隠居　いやいや。

鳥居　……このままですむと思うなよ。

ご隠居　年寄りにあんまり先のことを言われても。

鳥居　言ってろ。

立ち去る鳥居。

わけもわからず後に続く黒衣衆。

状況が飲み込めず驚いている長屋の面々とお伊勢。

お伊勢　驚いたねえ。一体全体どういう仕掛けだい。

ご隠居　ほら、なにぼやぼやしてるの。帰りますよ、みなさん。

天天　帰れるんですか。

ご隠居　そのために来たんだよ。帰ってロケットの続きやらなきゃ。

清吉　続けられるんですか、ロケットが。

ご隠居　まあね。

清吉　ご隠居、あなた一体……。
天鳳　さっき、平賀源内とか呼ばれてませんでした。
ご隠居　うん。若い頃はそう呼ばれてた。
お伊勢　そんな……。
ソラ　誰それ？
お伊勢　今から七八十年前に、この江戸で評判だった偉い学者だよ。でも、確かなんかの罪で捕まってご牢内で死んだんじゃあ。
天鳳　じゃ、もし生きてれば、もう百二三十歳……。
ご隠居　まあ山師みたいなもんだよ。ひょんなことで、長生きの薬草を見つけちまってね。それをその頃のご老中に差し上げて便宜を図ってもらってたんだけど、なまじ政《まつりごと》に首突っ込むとろくなことはない。なんか途中でめんどくさくなって、死んだことにして雲隠れしてたんだけどねえ。
清吉　ご隠居、ひょっとしたらその薬自分で……。
ご隠居　うん。試してみたら、なんか無駄に効いちゃって。もっともこいつがあるから、昔のつてを頼りにお城のお偉いさんに頼み込んで無理を聞いてもらえたんだけど。
清吉　俺らを助けるために。
ご隠居　天下の鳥居甲斐守相手だからねえ。そういう手でも使わないと。
清吉　あ、ありがとうございます。

ご隠居　まあ、いいさ。さ、戻るよ。今度はお城のお墨付きだ。大手を振ってロケットが作れる。
清吉　ほんとですか。
ご隠居　ご老中水野忠邦さんのお墨付きだ。大江戸ロケット計画、再始動だよ。
一同　おおー。
ソラ　……ご隠居。
ご隠居　ん？
ソラ　……歩いてる。
一同　ええー!!
ご隠居　なんだ。今頃気づいたのか。

とっとと立ち去るご隠居。
口々に驚きの言葉を発しながら続く面々。

——暗転——

第八景

暗闇に一条の光。そこに立つおぬい。

おぬい　かくして難を逃れた清吉さんと長屋の面々は、ロケット作りに没頭しました。

浮かび上がる長屋の面々。
清吉を中心に、ロケットの模型を前に喧喧諤諤。

おぬい　ソラさんも、追っていた怪物の死が確認できたので、安心して作業に打ち込めたようです。

清吉達に加わるソラ。

おぬい　途中、色々苦労はしたのですが、おソラさんの知恵とご隠居の経験、それぞれの工夫、そして助っ人――。

闇の中に浮かび上がる鉄十。
ソラと清吉が出迎える。

清吉　鉄十。
鉄十　お前がとんでもないもん作ってるって言うからな。一目見にやってきた。
清吉　そうか。ありがてえ。
ソラ　ダラァ！（と、手をあげる）

が、無視する鉄十。

鉄十　なにやってんだよ。

長屋の面々の話に加わる鉄十。
その鉄十をいぶかしげに見送るソラ。

おぬい　なんだかんだで実現は見えてきたのです。打ち上げ台は、石川島に設置されることになりました。囚人達に協力させせて、大きな大きな打ち上げ台を建造し始めたのです。その中に、あの元同心の赤井もいたのは運命の皮肉ですね。

荷物を運ぶのをさぼろうとして、黒衣衆に折檻を受ける囚人姿の赤井。

おぬい　ただ、張り切っている清吉さんの顔が時折ふっと曇るのは、あの夜きりぷっつりと姿をくらませた銀次郎さんが気にかかるからでしょうか。――とにもかくにも、一年後、天保十四年の九月。〝翔龍《しょうりゅう》〟と名付けられたロケットは完成したのでした。

微笑むと闇に消えるおぬい。
風来長屋前。夜。
大きな満月が出ている。
祝宴をやっているのか。長屋の連中の騒ぎが聞こえる。
一人現れる清吉。あたりを見回している。
後ろから出てくる駿平。

駿平　飲まないのかい。

清吉　（ちょっと驚き）あ、ああ。
駿平　……誰か探してたのか。
清吉　ん、いや。
駿平　……ソラさん？
清吉　え。ああ、そういやさっきから見えねえな。
駿平　なんだ。
清吉　なんだって、なんだ。
駿平　いや。……あ、ひょっとして銀さんか。
清吉　なんか、さ。あの人のことだ。何もなかったような顔して、ひょっこり帰ってきそうな気がするんだよ。
駿平　（突然）ダメだよ、兄貴。ダメだ！
清吉　なにが。
駿平　いいのかよ、それで。もー、全然ダメ！
清吉　なんだよ、その突然の荒れる十代は。
駿平　明日、かえっちまうんだぜ。ソラさん。なんで銀さん探すんだよ。今日はソラさん。そうだろ！
清吉　あのな。
駿平　どうして兄貴はそうなんだよ。もう見てられないよ。

清吉　見てられないのは、てめえだよ。

駿平　え。

清吉　ほんとはお前が、あの人探しに来たんだろ。

駿平　ば、ばか言え。

清吉　俺は自慢じゃないが勘はにぶい。特に男女のことはものすごく鈍い。それはもう言い切ります。でも、その俺が自信を持って言えることがある。それは——。

駿平　ま、待って。それは言うな。それ、反則。

清吉　何が反則だよ、ばかやろ。てめえがそんな見え見えの下心丸出しだから、俺は我慢してんじゃねえか。

駿平　なにー。じゃあ、俺のせいだっていうのか。

清吉　ああ、そうだ。

駿平　てめえの度胸のなさ棚に上げて、なんだよ。その言いぐさは。

清吉　なに。誰が度胸がねえんだよ。こら。

駿平　行って欲しくないんだろ。ほんとは。

清吉　え。

駿平　あんたが行くなって言えば、ソラさんはいかねえよ。なんでその一言が言えないんだよ。

清吉　馬鹿野郎、あの人と俺とじゃ住むとこが違うだろうが。数字しか読めねえくせに、余計なことに口出すんじゃねえ。

そこに現れるおぬい。ホイッスルを鳴らす。

おぬい　こら、そこ。そこの兄弟。やめなさい。やめて、私のために。
二人　誰が。
おぬい　ひどーい。（気を取り直し）清吉さん、ご隠居がちょっとって。
清吉　え。
おぬい　なんか、話があるみたいですよ。
清吉　わかった。……駿平、そんなことより火薬の計算、もういっぺん確かめとけよ。
駿平　わかってるよ。
清吉　……頼むぜ。

立ち去る清吉。残る駿平とおぬい。

おぬい　……きっと怖いんだと思うよ、清吉さん。
駿平　うん。

月を見上げる駿平。

駿平　……あそこまで上がるかなあ。

おぬい　大丈夫よ、ご隠居が居るから。

駿平　そうかな。

おぬい　そうよ。あたし、昔、死にかけたの。でも、ご隠居のおかげで今はこうやって元気。ちょっと姿は変わったけどね。大きくなった駿平さんにも会えたし。

駿平　え……。

駿平が振り向くと、もうおぬいの姿は消えている。

駿平　おぬいさん。おぬいさん……。

後を追って駆け去る駿平。
入れ替わりにご隠居とソラ、清吉の姿が浮かび上がる。
ご隠居の部屋。

清吉　なんでですか。せっかくここまで作ったんですよ。それをなんで今更中止にしなくち

ご隠居　　や。俺は絶対反対です。
　　　　　気持ちはわかる。僕だってそうだよ。でもなあ、（と、図面を見せ）幕府からの連絡だ。
　　　　　次はこいつを作れって。
清吉　　　次？（図面を覗き）これは……。
ソラ　　　翔龍二号。先端に火薬を詰め込んで、江戸沖の黒船にぶつける。大砲の破壊力なんか
　　　　　目じゃないわ。
ご隠居　　ミサイルっていうの。
ソラ　　　それだけじゃない。月に届くんなら、アメリカにだって届くだろう。これ以上、日本
　　　　　を脅かすようなら逆にアメリカやロシア本土を攻撃する。これが翔龍三号。
ご隠居　　大陸間弾道弾だね。
清吉　　　やめて下さいよ。そんなもんにいちいち名前つけないで。
ご隠居　　すまないねえ。さすがにこの展開は読めなかった。幕府もバカじゃあなかったねえ。
ソラ　　　鳥居耀蔵、ですか。
ご隠居　　多分ね。
清吉　　　冗談じゃねえ。俺は花火師だ。そんな恐ろしいもの作るのなんか御免こうむらあ。
ソラ　　　……清吉、ごめん。私がいけなかったんだ。
ご隠居　　逃げなさい。
ソラ　　　え。

ご隠居　お前の言うとおりだ。清吉は花火師だ。空があれば、花火は上げられる。この国にこだわることはない。
ソラ　……いや。翔龍は打ち上げて。
清吉　ソラさん。
ソラ　花火師なんだろう、玉屋清吉。花火師なりのけじめ見せてやろうよ。
清吉　……花火師なりの？
ソラ　そう。
清吉　……あ、そうか。
ソラ　そうだ。
清吉　でも、いいのか。
ソラ　私が持ち込んだことだ。
清吉　……わかった。俺はやるよ。

うなずくソラ。
二人の様子に、うんうんとうなずくご隠居。

ソラ　（ご隠居に）……わかってる？

頭を振るご隠居。

ソラ　あのですね……。

と、ご隠居に何やら話し始めるソラ。
三人、闇に溶ける。

――暗転――

第九景

一夜明ければ日本晴れ。

石川島発射場。

それぞれ発射準備に追われている長屋の面々。点火装置のからくりを確認している新佐と天天。発射台の図面を再度確認している三太と六兵衛。駿平と源蔵は軌道計算の検算中だ。

うろうろしてる黒衣衆の耳と眼。

見ている天鳳とソラ。入ってくるお伊勢。

お伊勢　（黒衣衆に）お役目ご苦労様です。（と、挨拶しながらソラ達のほうに近づく。小声で）なんだい。まだいるのかい、あいつら。
天鳳　お奉行も気になるんでしょ。
ソラ　気をつけたほうがいい。目と耳は抜群だから。
お伊勢　（ソラに）これ。（と、お守りを渡す）空の人には、迷信と思われるかも知れないけど。

ソラ　ううん。嬉しい。
天鳳　いよいよだね。なんか、せっかく知り合いになれたのにね。
ソラ　ほんとにありがとう。

おぬいが出てくる。その手に和風の宇宙服。

おぬい　じゃ、ソラさん。準備を。
ソラ　はい。
天鳳　これが火浣布《かかんぷ》かい。平賀源内特製の。
おぬい　石綿が中に織り込んであって火に強いの。伝説じゃ、火鼠の皮衣《かわごろも》のことですけどね。
お伊勢　だったら本物のかぐや姫だ。
天鳳　ほんとに。
ソラ　勘弁して。あれはみんなにわかりやすく説明するための方便だったの。

と、血相変えて入ってくる清吉。新佐に何やら囁く。清吉と新佐、顔色を変えて走っていく。
様子を見ている天天に聞く天鳳。

天鳳　どうしたの。
天天　なんか、点火のからくりの調子が悪いらしい。
三太　なんだって。
ソラ　こんな時に。

清吉、戻ってくる。後ろから新佐。

新佐　やめなよ、清吉。無茶だ。
清吉　いや、それしかねえ。
六兵衛　どうした。

集まる一同。

新佐　二段目の自動点火装置がどうしても動かねえんだ。で、清吉が、自分で点火するって。

驚く一同。

清吉　駿平、源蔵さん。もう一度火薬量計算してくれ。

駿平　無茶だよ、兄貴。
清吉　そんな急に計算直して、間違ってたらどうする。のばせばいいじゃないか。
源蔵　ダメだ。一年で今日が一番月と江戸とが近くなる日。そう計算してくれたのはあんた達だろう。もう一年のばすのは無茶だ。
源蔵　しかし。
ソラ　清吉。
清吉　心配すんな。お前さんは、必ず月に帰す。
六兵衛　（源蔵の算盤に手をのばし）貸せ。
駿平　六さん。
六兵衛　ガタガタ言ってる時間はねえ。清吉の言うとおりだ。一年なんて待ってる間に、またお上の気が変わるかも知れねえ。お前がやらないんなら、俺が計算する。
三太　確かにな。
清吉　すまねえ、六さん。
駿平　源蔵さん。
源蔵　……わかった。やるよ。（六兵衛に）しっかり頼むぜ。（と、予備の算盤を渡す）
六兵衛　（うなずくと）で、使い方は。

六兵衛を思いっきりひっぱたく三太。

三太　もういい。おめえは黙ってろ。女達、女達はどこだ。

現れるご隠居ガールズ。

三太　お前達、今から布きれを縫いあわせてくれ。
天鳳　布きれ。
三太　点火した後、飛び降りるんなら必要だろ。でっけえ落下傘だよ。天鳳、女達のまとめを頼めるかい。
天鳳　まかせときな。
お伊勢　わかった。布きれと人はこっちでも集めてみるよ。
三太　おぬいさんは、清吉用の火浣布服を。
おぬい　はい。
三太　新佐、お前は他の点火装置を確認しな。天天も手伝ってやってくれ。
新佐・天天　わかった。
三太　まだ時間はある。大丈夫。間に合うさ。
清吉　……すごいな、三太。
三太　ま、俺が本気になりゃあこんなもんだ。ソラさん、俺達にまかせてくれ。

ソラ　で、三太は何するの？
三太　俺は、ここでみんなを見守る。

六兵衛、三太をはり倒す。

六兵衛　そんなこったろうと思った。こい。一段目に清吉が乗り込む足場がいるだろうが。俺とお前は足場作りだ。
三太　へーい。

清吉とソラを残して、一同、散る。
それを見ていた耳と眼も駆け去る。
二人の様子を見ていたソラと清吉、うなずく。

ソラ　きっとうまくいく。
清吉　当たり前だよ。

二人も駆け去る。

☆

耳と眼の報告を受けている鳥居。

鳥居　なに。清吉が自分で点火。

眼　は。

鳥居　血迷ったか、玉屋。……いや、待て。何か企んでいるな。

耳　しかし、あの時のあわてよう。本当かと。

鳥居　……そうか。小賢しい真似を。奴ら、逃げ出すつもりだ。

耳・眼　え。

鳥居　故障はおぬし達の眼をくらませるための方便だ。二人でロケットに乗り込み、そのまま この江戸を脱出する。江戸湾のどこかで飛び降りて、船にでも拾われてこの日の本を脱出する。そういう算段だ。

耳　なるほど。

鳥居　ふふん。この鳥居をごまかそうなどとは片腹痛い。黒衣衆をそろえよ。出る。

耳　は。

鳥居の声に応じて、揃う黒衣衆。

鳥居　続け。

行こうとした鳥居の前に現れる人影。
銀次郎だ。

銀次郎　いけませんぜ、鳥居様。

鳥居　……銀次郎。

銀次郎　大江戸ロケット計画を異国船打ち払いに変更するとは、本当に恐ろしいお方だ。が、それもこれもご老中水野様の後ろ盾があってこそ。水野様なき後、どこまであなたが権勢を誇れますかね。

鳥居　戯《ざ》れ言《ごと》を。どけ、銀次郎。今は貴様など相手にしているときではない。

銀次郎　はなから聞く耳もっていらっしゃる方とは思っていませんよ。

鳥居　時間稼ぎか。

銀次郎　そのくらいしか、あっしには出来ませんから。

鳥居　やるというのだな。

耳　銀次郎殿……。

鳥居　奴ら二人は逃げだそうとしているのだぞ。翔龍に乗り、この日の本を捨てて。

銀次郎　そんな国にしたのはあんたらでしょう。

鳥居　なに。

銀次郎　いや、あんたらだけじゃねえ。俺らも片棒かついでるか。でも、だからこそ見たいんですよ。清吉とソラが作った龍が天を駆け上がるのを。そいつは一本の鍵なんです。この国の腐った扉をこじあける、ね。

鳥居　ふふん。黒衣衆の貴様程度で、どれほどの足止めができるつもりだ。

銀次郎　黒衣衆としちゃあ大したことはないかもしれませんが、錠前屋の俺は、ちょっとしぶといですよ。（と、二本の十手鍵を構える）

鳥居　かまわぬ。やれ。

黒衣衆　御免！

銀次郎に襲いかかる黒衣衆。

受ける銀次郎。

音楽。

ソラ、おぬい、お伊勢、天鳳による歌。

その歌にのせて、戦う銀次郎と鳥居達、ロケット発射の準備を間に合わせていく長屋の面々。それぞれの動きがスケッチされる。

その中で石川島打ち上げ場。

落下傘のリュックを背負い、火浣布服を着た清吉が現れる。と、そこに立ちふさがる鉄十。

清吉　鉄つぁんか、どうした。

鉄十　清吉。点火装置の具合はどうだ。

清吉　何言ってんだ。ありゃ眼《まなこ》と耳をごまかすための段取りだ。俺が乗り込むためのもんだ。聞いてなかったのか。

鉄十　そうか。じゃ、飛ぶんだな。この翔龍は！

突然、清吉に襲いかかる鉄十。

清吉　（かわして）な、何しやがる。

鉄十　江戸に来る途中でな、何だか妙なもんに襲われて、それから耳の奥で妙な声がするんだよ。「カエル……、ソラへカエル」って。ロケットに乗りてえって言ってんだよ、頭の中で!!

鉄十、目が虚ろ。何かに操られてるよう。どこから持ち出したのか刀を抜き、襲いかかる鉄十。

清吉　よ、よせ。どうしちまったんだよ、鉄さん!?

ソラ　下がって！

そこに現れるソラ。手に銃。鉄十を撃つ。
吹っ飛ばされる鉄十。

清吉　ソラさん。
ソラ　よかった、間に合って。
清吉　いったいどうしちまったんだい。鉄さんは。

と、鉄十に近寄る清吉。

ソラ　だめ、まだ。

と、跳ね起きる鉄十。
清吉を押さえこみ背中から羽交い締めにする。

清吉　ぐわああ。（苦しむ）
ソラ　しまった。
鉄十　ドケ。ロケット、ノル……。カエル。ソラニ、カエル！

ソラ　清吉！

清吉　……そうは、させるかよ！

清吉、輪状の花火を出すと点火紐を引く。
火薬を摩擦熱で点火させる自動点火式だ。（ちょうどこの天保の時代、仕掛けの天平という花火師兼からくり人が使っていたものと同タイプである。いや、何のことかわからなくてもこの芝居には一向に関わりはないのだが）
火のついた花火を、鉄十の口の中に放り込む清吉。動揺する鉄十、手を放す。逆に回り込み鉄十の口を押さえる清吉。
ボン！　という鈍い音。倒れる鉄十。

清吉　ざまあみろ。

ソラ　無茶苦茶するねえ。

清吉　花火師だって、やるときゃやるんだ。

ソラ　今のうちに。

ソラ、鋼鉄製の筒を出す。それを鉄十の首に当てる。筒を光が走る。

ソラ　よし。これで捕獲した。

清吉　大丈夫なのか、鉄十は。
ソラ　寄生型だから、宿主には危害は加えてないはずだ。
清吉　寄生型？
ソラ　逃げ出した犯罪者が飼ってたんだ。奴が死んだとき逃げ出して、今まで潜んでたんだろう。たまたま鉄十に寄生して操って、宇宙に帰ろうとしたんだな。あやうく見逃すところだったよ。
清吉　でもなんで、鉄つぁんが怪しいって。
ソラ　挨拶しなかった。
清吉　え？
ソラ　ダラァっていったのに返してこなかった。ノリが妙だと思ったんだ。
清吉　そんなことで!?
ソラ　おかしいか。
清吉　俺は時々空の人の感覚を疑うよ。
ソラ　そうかあ。

と、半鐘が鳴る。

清吉　いけね。行こう、そろそろ打ち上げの時刻だ。

ソラ　わかった。いよいよだね。
清吉　ああ。

鉄十を抱きかかえて立ち去る清吉とソラ。
一方、銀次郎対鳥居達。
駆け込んでくる双方。銀次郎は手傷を負っている。
黒衣衆達の執拗な攻撃に追い込まれていく銀次郎。

鳥居　思ったよりもねばるな。驚いた。
銀次郎　鳥居様、前に言いましたね。どんな錠前も必ず開きます。たとえ、神君家康公がこの国にかけた錠だって例外じゃありません。
鳥居　ぬかせ！

決まる鳥居の斬撃。片手の十手鍵を落とす銀次郎。そこにもう一度鳥居の剣が走る。肩に受ける銀次郎。

銀次郎　ぐわ！（体勢を崩す）
鳥居　終わりだ。

剣を大きく振りかぶる鳥居。
と、その時、轟音。

鳥居　なに⁉

一同、空を見上げる。
翔龍が打ち上がったのだ。

銀次郎　……やった。清吉の野郎、やりやがった。
鳥居　……しまった。
黒衣衆　（天を見上げて）おお……。
腕　……見事に一直線だ。
耳　……一段目が切り離されるぞ。
銀次郎　よおし、そのまま昇れ。天まで駆け上がれ。

と、突然天が輝きに包まれる。
その後、もの凄い爆発音。

銀次郎　なに!!

　天空で、翔龍が爆発したのだ。
　驚く黒衣衆。

腕　ば、爆発した！
耳　鳥居様、ロケットが！
鳥居　うろたえるな。見ればわかる。
銀次郎　ば、ばかな……。

　火薬が誘爆していくのか、爆発音は花火の音になっていく。
　極彩色の光の中に佇む鳥居耀蔵、黒衣衆、そして銀次郎。

銀次郎　……た、ま、やあ。

　呆然とつぶやく銀次郎。
　そこに駆けつける幕府の役人。

役人　おお、鳥居様。こんなところに。大変でございます。

鳥居　どうした。

役人　本日水野越前守忠邦様、御老中職を御罷免になられ謹慎の身に。

鳥居　なに⁉

役人　それを聞いた江戸の住民達が、お屋敷に押しかけ投石打ち壊しの狼藉三昧。なにとぞ、奉行所の手の者を。

鳥居　銀次郎、では貴様の言ったことは！

銀次郎　……仮にも忍び目付黒衣衆の臍。その気になれば、眼と耳の働きくらい一人でやれますよ。

鳥居　おのれは！（剣をふりかざす）

座り込み微動だにしない銀次郎。
その銀次郎に打ち込めない鳥居。
黒衣衆の間に緊張が走る。

鳥居　……是非も無し、か。

刀をおさめる鳥居。ほっとする黒衣衆。

鳥居　（空を見上げ）銀次郎、あれが貴様らの限界だ。……いや、儂たちの、かな。
銀次郎　……………。
鳥居　黒衣銀次郎。本日をもって忍び目付黒衣衆要役のお役御免とする。これよりは幕府とも奉行所とも一切関わり無しとすれば、心せよ。

言い捨てて立ち去る鳥居。
銀次郎に一礼して、鳥居に続く黒衣衆。

銀次郎　……馬鹿野郎。もう、そんなこたあどうでもいいんだよ。いててて。（傷を押さえながらゴロリと横になる）

一人になる銀次郎。静寂。
と、ご隠居がふらりと姿を現す。

銀次郎　あー、いけねえや。もう年寄りが迎えにきやがった。そろそろ年貢の納め時か。

そこに、ソラと清吉も現れる。

銀次郎　なんだよ。おめえらまで。随分気が早いな。どうだ、三途の川は。
清吉　なに、ぶつぶつ言ってるんだよ、銀さん。
銀次郎　……え。（起きあがる）
清吉　見たかい、銀さん。でっけえ花火だっただろう。
銀次郎　ちょっと待て。おめえら。
ソラ　心配しないで。生きてるよ。私たちも、銀次郎も。
銀次郎　なに。でも、さっきのあれは。
清吉　バカだなあ。乗ってねえに決まってるじゃねえか。
銀次郎　決まってるって。じゃあ、最初から。
清吉　ああ。俺とソラさんが死んだとなれば、もう、ロケットは作れねえ。さすがの鳥居も外国に爆弾付きロケット打ち込むなんてこたあ、あきらめるだろう。
銀次郎　てめえ、まんまと騙しやがったな。俺だけじゃねえ、鳥居もすっかり。
清吉　俺は花火師だ。花火以外は金輪際つくらねえ。見てくれただろう、さっきの爆発。この玉屋清吉が精魂込めて江戸の空に咲かせた大花火だ。見逃したとは言わせねえぜ。
銀次郎　ああ、見たよ。見させてもらったよ。

おぬいと駿平も出てくる。

駿平　銀さん。銀さんじゃねえか。

銀次郎　どいつもこいつも一蓮托生かよ。まいったな。

清吉　……でも、これで空に帰る手管がなくなっちまったなあ。

ソラ　そうだね。でも、それもいいかもね。

ご隠居　そうそう。この星に住むのも、慣れれば捨てたもんじゃないよ。

ソラ　え。

ご隠居　分さえわきまえりゃあ、長生きもできる。

ソラ　まさか、ご隠居……。

その時、おぬいが空を仰ぐ。

おぬい　ご隠居。光が……。

ご隠居　え?

ソラ　まさか。

一同、空を仰ぐ。

真っ白い輝きが、空を包んでいる。

ウオオーンという響きがあたりを包む。

うなずいているソラ。

彼女に向かって、光の束が降りてくる。

清吉　あれは。

ソラ　……ごめんね、清吉。

清吉　え。

ソラ　迎えがきちゃった。

駿平　なに。

ソラ　さっきの翔龍の大爆発が合図になったみたい。今のこの星の技術じゃ、あんな高度であの爆発は起こり得ないだろうって。私からの何らかの合図だと判断したみたい。

駿平　そ、それじゃあ。

ソラ　（金属の筒を出して）私の仕事は、これの捕獲と輸送だから。迎えがきたら行かないと。

清吉　この光が。

ソラ　そうだ、この光は月まで続いている。そこで私の仲間が待っている。

ご隠居　そいつは、残念だなあ。

ソラ　清吉……。

清吉　え。

ソラ　いや。無理だね、やっぱり。
清吉　行けよ。仲間が待ってるんだろう。
ソラ　うん。

と、銀次郎、いきなりつかつかと清吉に歩み寄ると、思いっきりぶん殴る。

清吉　な、何すんだよ。
銀次郎　馬鹿野郎！　こっちが身体はって守ったのはなあ、そんな我慢大会じゃねえんだよ！
清吉　銀さん。
駿平　そうだよ、兄貴。行けよ。俺は行けねえけど、兄貴は行ってくれよ。

その駿平を微笑んで見ているおぬい。

清吉　そうか。……そうだな。おソラさん。
ソラ　え。
清吉　一緒に行っていいか。
ソラ　いいのか、ここを捨てても。
清吉　おうさ。日本一でも世界一でもねえ。どうせなら宇宙一の花火師になりてえ。

ソラ　私も見せたいよ。清吉の花火を銀河中に。
清吉　いや。誰でもねえ。あんたに見せたいんだ。宇宙一の花火を。

ソラ、微笑むと大きくうなずく。
と、突然、ソラの身体が宙に浮く。
清吉も意識を集中する。
ソラが手を差し出すと、彼の身体もふわりと宙に浮く。
そのまま消えていく二人。

銀次郎　やれやれ。最後はほんとにかぐや姫だったな。こぶつきだけど。
ご隠居　君はどうする。
銀次郎　今更おめおめ長屋には帰れないでしょう。
駿平　まだ、そんなこと。
銀次郎　今度は俺自身が鍵になりますよ。この国を外からこじ開ける。
おぬい　外から？
銀次郎　心機一転、名前も変えて、亜米利加にでも渡りますかね。
ご隠居　……万次郎。
銀次郎　え？

ご隠居　だったら万次郎ってのはどう。
おぬい　また、ご隠居の名付け癖が。
銀次郎　万次郎ね。気が向いたら使わせてもらいましょう。それじゃ。

立ち去る銀次郎。
いつの間にか光の束は消えている。
月を見上げているご隠居。

おぬい　どうしました。
ご隠居　でもなあ。いくら花火ったってなあ。
駿平　え。
ご隠居　月には酸素がないから、なかなか難しいと思うんだけどなあ。

その瞬間、月に花火がドーンと上がる。

ご隠居　さすがは江戸っ子。細かいことは気にしない。なんとかしちゃったよ。

暗転。

音楽。
暗闇の中、文字が浮かび上がる。

テロップ　「一九六九年七月十六日。ＮＡＳＡの記録によれば――」

アポロ11号の月着陸船が月面に着陸する映像が流れる。

テロップ　「アポロ11号のアームストロング船長により、人類は初めて月面にその足跡を残した」

彼らが月面に立つ映像。

テロップ　「しかし、彼がそこで見た光景の真実は、未来永劫決して明かされないだろう」

彼らの足跡の横に並ぶ二の字二の字の下駄の跡の映像。

テロップ　「そこに下駄の跡が残っていたとは――」

と、突然、清吉とソラが現れる。

清吉　馬鹿野郎。月に来たのは、江戸っ子の方が先なんだよ！

陽気な音楽。

次々に登場するこの物語を彩った人物達。

☆

玉屋清吉――この江戸の花火師が活躍した時間は極めて短い。「鍵屋」の手代から独立し本家と張り合うまでになったが、天保十四年（一八四三）失火のため所払いとなり廃業し、結局「玉屋」は一代限りで終わってしまったと、表面上の史実は伝えている。

が、二十一世紀の現在でも花火が上がるたびにあがる「玉屋」のかけ声は、江戸の人々が彼の名前を永遠に語り継ぐためにかけ始めたものではないのか。

江戸の空に忘れられないでっかい花火を打ち上げた男の名を――。

〈大江戸ロケット・終〉

『大江戸ロケット』についてのもろもろ

『鴛鴦《おしどり》歌合戦』が大好きだ。

志村喬が歌いながら茶碗をほめそやし、ディック・ミネが「僕は殿様」と道を歩きながら歌い上げる。女の子たちはおきゃんで陽気、千恵蔵は若い白面の二枚目だ。

主役の片岡千恵蔵が盲腸で倒れ、予定していた映画のクランクインが遅れたために急遽でっちあげた（と言いたくなる。当時の状況を読んでると）歌謡映画が、これほど能天気でチャーミングな傑作になろうとは。さすが早撮りマキノ雅広だが、当時の映画の現場の底力、走り続けている現場の強さというものも大いに感じた。

そして、植木等の『無責任男』シリーズ。

古沢憲吾が撮る植木等のラジカルさよドライさよ。ひとたび歌って踊り出せばドラマツルギーもシチュエーションもけっ飛ばすそのアナーキーな力強さは、都会派が売りな東宝映画の中でも一際異彩を放っている。

決して成功しているとは言いがたいが和製ミュージカルに果敢に挑戦した『君も出世ができる』。その中にカメオ出演している植木等の空間を切り裂く登場は、主役のフランキー堺のドタバタが、奮闘はしているのだが重かった分だけ、より一層衝撃的だった。

とにかく、そういうドライでファンキーで能天気なミュージカルをやりたいなあと思っていた。しかも、江戸っ子で。

なんでかと言われると困るのだが、八っつぁん熊さん世界の連中が、やみくもに歌って踊る陽気な頭の悪さが、なんだかとっても新感線っぽいと思っていたのだ。

江戸の職人達が月ロケットを打ち上げるという話を思いついたときに、〝江戸っ子ミュージカルでいこう〟と思ったのは、そういう思いが先行してあったからだ。

いや、この話を思いついたのがもう、三四年前だから、並行してと言った方がいいかな。

そして『大江戸ロケット』となる。

具体的なアイデアのきっかけ、その展開については、あちこちに書いたり発言したりしたので読んだり聞いたことある人はまたかと思われるかもしれないが、映画『アポロ13』を観に行ったときだ。

アポロ13号を大気圏突入させようと頑張るNASA管制室の場面をみていて「全員算盤で計算してたらおもしろいな」と頭の片隅に浮かんだ。

五十人くらいずらーっと並んだ算盤計算員が、状況の変化に応じて、いちいち算盤弾いてご破算にしてまた弾いて。それが一定のリズムになって、音楽が流れ、そのうち興に乗った一同が算盤片手にチャッチャカ言わせながら、歌い踊る。あはは、こりゃいいや。算盤だったら江戸っ子だよな。てなわけで、先の江戸っ子ミュージカルとリンクする。

十年ほど前にOVAで出た『ロボットカーニバル』というロボットテーマのオムニバスアニ

メ作品がある。その中に、南蛮のマッドサイエンティストから日本を守るために江戸っ子達が作った和風巨大スーパーロボットというのがあった。木造で、からくり仕掛けで、今、一部で話題の先行者のように骨組みだけでできたその純和風なロボットデザインが無闇にいかしてたんだけど、その印象などかなり強烈だったんだろうな。〝江戸っ子が木と竹と土で出来たロケットを作る〟というコンセプトの下敷きになっていると思う。

石川英輔氏の『大江戸××事情』シリーズは、当時の市井の暮らし、技術などを分かりやすく書いていて、この話が書けるという確信をもたらしてくれた。

玉屋清吉が江戸所払いになったのを最初に知ったのもこのシリーズだった。

いまだに「玉屋」「鍵屋」というかけ声がかかる花火師の代名詞の彼だが、史実では一代限りで江戸所払いになっている。失火が原因というのだが、なぜわずかな活躍しかしなかった男のことを江戸の市民達はかけ声として呼び続けたか。

まじめに考えても面白い素材なのだが、今回は裏テーマという感じで扱うしかなかった。

鳥居耀蔵もそうだ。

『天下堂々』や『必殺からくり人』でおなじみの（って、ごく一部にだけどね）この怪物南町奉行については、まだまだ書けることはあると思う。

今回は鎖国政策故に異星の客も取り締まるというのがミソなんだけどね。異星人も夷狄という論理も彼ならばあり得るだろうというアイデアだ。

でも、同時代の北町奉行が遠山金四郎なんだから、真っ向から〝緋桜奉行遠山の金さんvs妖怪鳥居甲斐守〟という物語があってもいいと思うのだが、二人のスタンスが違うせいか共演しているエンターテイメントには、お目にかかったことはない。僕の不勉強かも知れないが。でもこのちょっと前、文化文政から明治維新くらいまでは、まだまだ宝の山だと思っている。

三十年ほど前に『天下御免』というテレビドラマがあった。

若き平賀源内を主人公とする時代劇だ。時代劇とは言っても、「面白ければなんでもあり」のかなりぶっとんだドラマだった。脚本家早坂暁の代表作だと僕は思う。

『大江戸ロケット』の全体のムードは、この『天下御免』への僕なりのオマージュだ。

芝居を観たなりこの本を読んだ人には、「ああ、そういうことね」とおわかりだとは思うが、まあ、あとがきから読む人もいるので、それに関しちゃ具体的な言明は避けますが。

今回は、とりあえず〝人が一人も死なない芝居〟にしようと思った。

細かく言えば、話の中では何人も死んでるんだけど、とりあえず〝舞台の上では一人も死なない芝居〟だ。

前作の『野獣郎見参』が殆ど全滅戦の様相を呈していたので、その反動というのもある。二十一世紀最初の新作なので、とにかく後味のいい芝居にしたかった。

が、『大江戸ロケット』も〝活劇〟なのだと思っている。

確かに、〝いい奴がいて悪い奴がいて、両陣営が戦って、力で決着をつける〟という構造が僕の作品には多いし、それも大好きなんだけど、〝主人公（及びそのグループ）が困難な状況に陥る、または実行不可能な目的を持ち、自らの知恵と力そして仲間の協力を得て、状況を打破しその目的を達成する〟というモチーフも立派な〝活劇〟だと思っているのだ。『ガンバの冒険』だって、「イタチのノロイを倒す」のが目的じゃない。「ネズミを島から脱出させる」のが狙いで、ノロイとの戦いはその過程だったに過ぎないんだもの。必然とはいえ。話がずれましたが。

とにかく、こういう形の〝いのうえ歌舞伎〟もあるということを、二十一世紀最初の新作で書けたことに僕は満足している。

さて、ここからはほんとのネタばれ。

実は後半、実際に公演する展開とかなり違う箇所がある。

二幕での、火縄の鉄十に関する展開だ。

プロットを立てたところでは、ラストにもう一ひねり欲しいなという気持ちがあった。ホラー映画とかにはありがちな「実は……」って奴だ。

でも実際に舞台に上げてみると、ちょっとしつこいかなという気もした。鉄十役の橋本じゅんの快演(怪演?)もあって、この展開よりもむしろ前半のキャラの方向を生かしたほうがいいだろうと判断した。

どっちがいいのかは読んだ人の判断におまかせするが、一応この戯曲集は僕の責任。自分がやりたかった方向性を残しておく。

まあ、どっちでもいいじゃないかと言われれば、それまでなんだけどね。

なんだか今回はダラダラと書き連ねてしまった。

プロデュースとはいえ、新感線に新作を書き下ろすのは一年半ぶり。いろいろ言いたいこともたまってたんだな、と自分でも驚いている。

作者が「こんなことを考えながら、この作品を作りました」っていうメイキングな文章を読むのが好きなもんで、筆を蛇行させながら自分もついつい語ってしまったようだ。

長々とおつきあい有り難うございました。

では、また。

二〇〇一年七月

中島かずき

大江戸ロケット☆上演記録

大阪◉2001年8月7日～26日　大阪松竹座
東京◉2001年9月5日～24日　青山劇場

■キャスト

玉屋清吉＝いしだ壱成
ソラ＝奥菜恵
錠前屋の銀次郎＝古田新太
おぬい＝森奈みはる
算学の駿平＝石垣佑磨
鳥居耀蔵＝峰岸徹
隅のご隠居＝藤村俊二
火縄の鉄十＝橋本じゅん
赤井西之介＝粟根まこと
白濱屋お伊勢＝村木よし子
仇花亭天鳳＝山本カナコ
仕掛けの新佐＝インディ高橋
大工の三太＝河野まさと
秤屋源蔵＝礒野慎吾
瓦屋の六兵衛＝村木仁

曲芸の天天＝吉田メタル
長屋の住人＝藤真秀
黒衣衆・耳＝川原正嗣
〃・腕＝前田悟
〃・眼＝船橋裕司
〃・踵＝武田浩二
青い獣＝佐治康志
白い獣＝三住敦洋
ご隠居ガールズ＝下田智美・白石陽子・仲里安也美・村田麻理子・服部智子・原田宏子

■スタッフ
作＝中島かずき
演出＝いのうえひでのり
装置＝綿谷文男
照明＝原田保
衣裳＝竹田団吾
小道具＝高橋岳蔵
ヘアメイク＝河村陽子
振付＝川崎悦子
アクション・殺陣＝田尻茂一・川原正嗣・前田悟
音楽＝岡崎司
歌唱指導＝右近健一

音響＝井上哲司
音効＝山本能久・末谷梓
特効＝南義明
大道具＝石元俊二
フライング・デザイン＝中山宣義
演出助手＝坂本聖子・小池宏史
舞台監督＝芳谷研
宣伝美術＝河野真一
宣伝写真＝西村淳
制作＝叶田睦子・五箇公貴・篠田麻鼓・柴原智子・小池映子
プロデューサー＝吉村直明・高松輝久
エグゼクティブ・プロデューサー＝堀威夫
制作協力＝ヴィレッヂ・劇団☆新感線
企画＝ホリプロ・劇団☆新感線
製作＝テレビ東京・ホリプロ

中島かずき（なかしま・かずき）
1959年、福岡県生まれ。立教大学卒業。舞台の脚本を中心に活動。1985年4月、『炎のハイパーステップ』より座付作家として劇団☆新感線に参加。以来、物語性を重視した脚本作りで、劇団公演3本柱のひとつ〈いのうえ歌舞伎〉と呼ばれる時代活劇を中心としたシリーズを担当。代表作に『野獣郎見参』『髑髏城の七人』『阿修羅城の瞳』などがある。

〒160-0022　東京都新宿区新宿3-8-8新宿OTビル7F
㈲ヴィレッヂ内　劇団☆新感線　中島かずき
Tel. 03-3371-0860

K. Nakashima Selection Vol. 5
大江戸ロケット

2001年7月30日　初版第1刷発行
2012年10月10日　初版第2刷発行

著　者　中島かずき
発行者　森下紀夫
発行所　論　創　社
東京都千代田区神田神保町 2-19　小林ビル
電話 03（3264）5254　振替口座 00160-1-155266
組版　ワニプラン／印刷・製本　中央精版印刷
ISBN4-8460-0287-X　